『四裤全输』系列⑥

贫僧整两倒是能够2

本书兼治考零蛋、减薪水、跌股票、亏基金等危机之后的真深沉！

嘿嘿／选编

俗话说，天涯何处无芳草，偏偏有人连单恋一枝花的机会都没有，令贫僧慈悲为怀，附赠“双表擒桃”秘法，以助天下之“剩男剩女”，阿弥陀佛，善哉！善哉！俗话说，天涯何处无芳草，偏偏有人连单恋一枝花的机会都没有，善哉！

注意 封底有个神经病！！！

中国画报出版社

目录 CONTENTS

超级爆笑之精神病去银行取款 001

搞笑盘点超级脑残的电视剧对白 003

古龙也愕然：北京一牛人的高考大作 007

经典中的经典，最牛回复！！！！！！！ 012

恐怖的聊天记录 016

内蒙古同学忽悠外省同学的经典对话（爆笑） 019

女生最看重的东西（巨搞笑！） 024

武侠电视总结 025

这车太挤了，把一个人的胸罩都挤掉了 027

"短信门"事件　030

8个恶心笑话，看你能忍到第几个　031

19条欠扁的短信——不信可以发发试试　033

31个搞笑小段子　037

2008爆笑短篇小笑话　046

2008年最龌龊语录1句（爆笑+发人深思的笑）　050

2008最强的经典一句话笑话　060

KTV省钱技巧　061

PS到底是什么意思啊　064

爸妈语录——快把我笑抽了　066

暴汗，看了之后才知道俺小学白念了　083

爆笑，淘宝对白！！！　086

本次金融危机原来一切都是丘处机的错！　091

比《越狱》更经典的监狱笑话　092

超有才老板的喷饭语录　095

词霸暴强的古语今译　099

大家来看看时髦话　102

大学MM体检时的爆笑趣事——笑死算完！！！　105

都是光头惹的祸（一个光头佬的日记）　108

非常经典的搭讪　111

分享童年趣事　113

C O N T E N T S

公交车上巨搞笑的一幕 118

今天我雷了推销员 119

经典动物语录 121

精彩的爆笑段子 127

精神病笑话——太搞笑了 128

看过的都说太经典了 133

空姐的一天 135

快来看——笑得我都趴下了！ 141

老公和老婆间的暴强通信 148

老公和老婆的相互斗智 150

老婆快疯了！男人炒鸡蛋的17个步骤 154

雷人的歌名 155

贫僧整倒是能够2两

令老板当场晕倒的两份简历——绝了眼了 157
令人吐血的非常强的女大学生平安信 159
六种等级客服人员的服务态度 162
某高校博士MM的超强“流氓”语录 163
某数学老师的极品损人录 166
无奈的90后，80后，70后，60后，50后 169
男生最经常说的11句废话大集合 172
能忍住不笑的算你厉害 174
年度最新的23句经典幽默名言 176
牛人搞出的BT段子，你不笑才怪！ 179
让管理员吐血的十大网名 182
三国短笑话13则 185

目录 CONTENTS

孙悟空迷恋上台球以后的严重后果 190

太搞了！终于明白“白领”原来是这个意思 192

童言无忌 193

相当搞笑的牛人签名 195

小姐，你踩到我脚了 200

笑不死你，我跳楼 204

笑得肚子疼！运动场上的经典对白 205

心不在焉时，干的最牛事 206

新员工到岗与老板的暴强对话，太牛了 211

星巴克装B指南 212

学生口误大全（千万不要偷着乐） 214

一个MM和各路神仙的暴强对话 225

一个光棍的呐喊……太他妈的有才了 228

庥下的小白箱 234

一个农村小姑娘的爆笑麻辣作文 235

一句话的四大名著 238

一句话噎死人的经典 243

一美女莫名晕倒，遭七男人强行拖入森林 245

一些事情，你永远无法解释 247

用这些笑话打发无聊的时间吧 248

有史以来最强的推理 250

有中国特色的山寨版 253

语出80后的经典 257

在手机上看的搞笑回复，都是牛人 260

口音造成的爆笑语录 265

校园小笑话 266

最精彩的名言幽默大全——跳楼推荐 268

最失败的粗口 270

最新一期的口误！我笑歪了！ 272

爆笑精彩问答 278

超级爆笑之精神病去银行取款

一天下午，我同学在建设银行十分无聊地上班，一个穿得很糟糕的女士（神经病患者）来到他窗口，给了他一张纸条要提款。

纸条上赫然写着“兹派 ×× 同志于贵银行处提取人民币 10 000 000 元”。

落款是 ×××C.P 办公厅。

我同学本来想报警，可看该神经病患者很认真的样子，想想还是打发给保安算了。（估计保安也是很闲。）

果然，保安对该女子说：“你这张条子想要提款，必须先到对面派出所，找所长盖一个章，他盖完章，你再来取钱就没问题啦。”

该女子想都没想，直接就向派出所走去了。（这保安还真不一般，平时有点小看他了。）

大概十多分钟，排队的顾客慢慢多起来的时候，那个女子兴高采烈地回来了，举着那个条子，说：“人家说啦，办公程序简化了，不用所长批条直接就可以取钱啦。”

我同学一听到这，就不住感叹 police 队伍里真有高人，一句“高调”就给打发回来了。

我同学和保安当时就有点傻了，营业大厅有很多人，怕她精神病发作起来影响正常的秩序，只好把值班主管找来了。

主管和女患者在一边聊了几句，问她取钱做什么用呀，女患者说：“取钱买面包、蛋糕，吃的，买穿的。”主管指了指不远处的地方，该女子就又高高兴兴地走了。

保安去请教“高招”，主管当时是这样对女患者说的：“我们这里是建行，只有建房子才能到这里取钱。你取钱买吃的，那肯定是粮食了，要去农行，买穿的等东西，取钱要到工商银行才行！”

我同学打心眼里佩服呀，到底是当主管的啊！！！

……

过了一会儿，该女士又回来了，而且带来了各行的回答：“农行的人说

了，这里是农行，只有农民能取钱，我是城市户口。工行的人说了，我们这里是公行，只能公的来取，母的不行。说我是贱人，要我到建行取钱。”

我同学，保安，主管，狂晕……

超级爆笑之精神病去银行取款

搞笑盘点超级脑残的电视剧对白

1.

萧峰摇着将死的阿朱："你先别死!!"

——老大，您是说等会儿再死吗？这事儿还有商量啊？

2.

"如果母后执意如此，请允许孩儿辞去皇帝一职。"

——哦，原来皇帝也可以辞职啊，那请允许我竞聘上岗。

3.

尔康，一个破碎的我，怎么帮助一个破碎的你……

——那啥，琼瑶大妈，俺啥也不说了。

4.

秦始皇跪在地上哭天喊地，捶胸顿足。秦始皇说，我为什么总是输？我为什么总是输？我以后不要输！我要赢！

——从此以后，他就改姓赢了。

5.

那个什么龙梅的在草地上 ×× 完事后，康熙一脸满足地说：龙梅啊，是你强暴了朕啊！

——当时看到那一幕的时候，对陈道明的表演万分佩服。竟然能用如此冷静的口气说出如此彪悍的语句！

6.

病床上的范冰冰深情地对古天乐说：

“我好想念松花江啊。知道为什么叫松花江吗？以前，我们那里松树是开花的。我们那里的人都很穷，要出去打工，每个打工的人走之前都采摘一些松花带走，说自己肯定会回来，但是没有人回来。后来松树就不开花了，大家为了纪念松花，就叫松花江……”

——需要我再多说吗？

>>>>

7.

《还珠 2》里面香妃病了，蒙丹改装混进宫去看她。原来的台词俺记不住了，大概就是这个意思：

蒙丹，你为何总皱着眉头，有时候，我真的很想拿一台熨斗把你的眉头熨平。（后面半句是原话。）

——穿越，这绝对是穿越！

>>>>

8.

《仙剑》

姥姥，我们已经到达地球的另一端了……

——我……我！

>>>>

9.

甄子丹演的《七剑》粤语版。在护送武庄的人逃离时，甄大侠说了句：“我 check 到车队里有内奸。”

——挺住，亲人们。

>>>>

10.

《情深深雨蒙蒙》里，书桓表情沉重地说：八年抗战就要开始了……

——传说中的……那个未卜先知。

>>>>

11.

前阵子，我娘在看《木棉花的春天》。

女：你说！你说！到底为什么?

男：你听我解释！

女：我不听！我不听！我不听！

——这女人的人品不是一般的有问题。

>>>>

12.

《色·戒》里听说的这句：

"再不杀人，就要开学了啊……"

——所以要杀人的好孩子们都快点儿吧。

>>>>

13.

韦小宝一脸猥琐地对吴三桂说：我好，你也好……

——然后呢?

>>>>

14.

《康熙秘史》里皇后死时，夏雨说道：爱后，爱后……

——只听说过爱妃，啥叫爱后?

>>>>

15.

琼瑶阿姨一生作品无数,最最白痴的是《情深深雨蒙蒙》中的这一段:

女：你无情，你冷酷，你无理取闹！

男：你才无情，冷酷，无理取闹！

女：我哪里无情，哪里冷酷，哪里无理取闹?！

男：你哪里不无情，哪里不冷酷，哪里不无理取闹?！

女：好……就算我无情，冷酷，无理取闹！

男：你本来就无情，冷酷，无理取闹！

女：我要是无情，冷酷，无理取闹，也不会比你更无情，更冷酷，更无理取闹！

男：哼！你最无情，最冷酷，最无理取闹！

——听罢，我瞬间对这无情冷酷无理取闹的世界绝望了。

>>>>

16.

紫薇：我知道他爱你爱得好痛苦好痛苦，我也知道你爱他爱得好痛苦好痛苦……

尔康：你痛，我也痛！你痛，我更痛！我心痛得快要死掉了！

紫薇：尔康……你好过分哦！

（……三……秒……钟……过去了……）紫薇接着羞涩道：但是我好喜欢你的过分哦……

——大家……请自由地……泪奔而去。

17.

书桓，你不要过来，让我飞奔过去！

——晕！

18.

我家奶奶会背的销魂台词远远不只这些，除了著名的 13 晕，“又见一帘噩梦”里还有很多 BH 的，例如：

云帆对紫菱说：哦，你这个折磨人的小东西。

云帆对紫菱说：你滑得像条鱼。

云帆对汪展鹏说：你知道，她（紫菱）想要回来，那是一分钟也不能耽搁的，所以我们就像箭一样射回来了。

——同志们，你们都学会比喻了吗?

19.

新《封神榜》。

妲己死了，她爹在她怀里看到一丝绢，上面写着：“善者不辩，辩者不善；知者不博，博者不知……”

姜子牙过来说：“……这是我师祖太上老君的《道德经》里的啊……”

古龙也愕然：北京一牛人的高考大作 >>>>

作文要求：

“细雨湿衣看不见，闲花落地听无声”是唐朝诗人刘长卿在《别严士元》中的诗句。

曾经有人这样理解这句诗：

1. 这是歌颂春天的美好意境。

2. 闲花、细雨表达了不为人知的寂寞。

3. 看不见、听不见不等于无所作为，是一种恬淡的处世之道。

4. 这种意境已经不适合当今的世界……

根据你的看法写一篇作文。题目自拟，体裁不限。字数 800 以上。

盛夏，夜，深夜。

景山山巅。

山上有人，两个人，一男一女。

这两人就是当今武林名声最响的两位杀手，男的名秋细雨，女的叫叶闲花，江湖人称细雨闲花。

诗人刘长卿曾用“细雨湿衣看不见，闲花落地听无声”来描述这两个可怕的杀手。细雨湿衣，湿衣的是鲜血；闲花落地，落地的是人头。这两人杀人来无影去无踪，如果他们想杀你，当你还没看到他们人影，没听到他们声音的时候，你就已经死了。

秋细雨三天前接到一份帖子，指名要杀叶闲花。事成之后，不但有三百万两冥币，更可以让他在“红楼梦中人”选秀节目中担任曹雪芹的角色。

但是杀死叶闲花比杀死比尔还要困难得多。

江湖中没有一个人清楚叶闲花的武功来历、性格脾气，但是每个人都知道叶闲花的故事。

叶闲花有一双迷人的大眼睛，据说她曾一动不动地瞪死过赵薇和高圆圆，而那一年她才十七岁。

叶闲花声音有如黄莺般幽婉醉人，传说听过她说话后，林志玲身体酥麻了整整一年，你说要不要命?

叶闲花轻功独步武林，踏雪无痕，落地无声，号称超过当年青翼蝠王韦一笑。有人见她上星期在高速公路上偷了刘翔的奥运会入场证，刘翔追出一万公里最后被活活累倒。

一般人听到叶闲花的故事早就吓得去买尿不湿了，但是秋细雨没有去买。

秋细雨不是一般人。

他知道，杀人不但要靠技术，还要拼人品!

秋细雨很镇定，他正用一把指甲刀修整着手指甲，他的手指修长有力。

他要等待，等待对方先沉不住气。高手相争，不允许一丝一毫的失误，先沉不住气的人就会露出破绽。

致命的破绽!

因此秋细雨一言不发，只是静静地玩弄着指甲刀。

没想到叶闲花更是好整以暇，自己悠然自得地涂口红，喷香水。

秋细雨只好先发制人，道：你知道我找你出来是为什么。

叶闲花温柔道：在我们动手之前，不能先谈谈吗?

秋细雨道：我是来杀人的，不是来聊天的。

叶闲花道：你有把握杀我?

秋细雨道：我从不做没有把握的事情。

叶闲花道：我要提醒你一件事。

秋细雨道：你说。

叶闲花道：百晓生作《杀手谱》，小女子是杀手榜排名第一，阁下区区第二，你真能杀得了我吗?

秋细雨道：我也要提醒你一件事。

叶闲花道：你说。

秋细雨道：论杀手实力，我本在你之前，只是那次排名，百晓生采用了短信投票系统，中国“花痴”人数过于庞大，才让你得了第一。

叶闲花的脸色一变，道：我更要提醒你，我的粉丝团叫“花粉”，不叫“花痴”!

秋细雨道：我最后要提醒你，你的那些“花粉”全都是花痴。还有，我们已经跑题了。

叶闲花道：我们这样拼命厮杀，你难道不怕麻烦吗?

秋细雨道：你以后再也不用怕麻烦了，天下只有一种人永远不怕麻烦，死人!

叶闲花道：这么说，你非逼我出手不可?

秋细雨没有回答，他已不用回答。

秋细雨道：亮兵器!

叶闲花道：我用刀。

秋细雨道：你用刀?刀在何处?

叶闲花道：我就是刀!

叶闲花露出甜甜的笑容，忽然间褪下了自己的衣服，全身上下只剩下蕾丝比基尼和黑色丝袜。

叶闲花的脸美得让人窒息，再配上这样的身材，这样的服饰，充满了一种原始的诱惑力。

她的眼睛会说话，她的媚笑会说话，她的手，她的胸膛，她的腿……她身上每分每寸都会说话。

她知道，只要是个不瞎的男人，现在肯定会被她迷得神魂颠倒。

秋细雨是个男人，而且是个不瞎的男人。

可他现在却偏偏好像瞎了一样，完全无动于衷。

他知道，美丽的女人是一把刀，当你沉醉的时候，刀就会切进你的胸口。

秋细雨沉吟道：我只想问你一件事。

叶闲花娇笑着：请讲。

秋细雨道：大夏天的，穿这么少，你丫不怕蚊子叮啊?

叶闲花沉默了半晌，幽幽地道：你一定以为刚才我在喷香水，是不是?我告诉你，我喷的是六神花露水!

叶闲花又道：不过这不是普通的六神，是我特别提炼的药水，无色无味无毒，不过却会慢慢扩散在空气中，闻到它的人会四肢麻痹不能动弹。

秋细雨一惊，忽然觉得身体已经麻木不听使唤，不由得一身冷汗。

叶闲花又道：你以为我和你扯淡是因为我害怕，以为我脱掉衣服是想色诱你，其实这都是为了拖延时间让药水能扩散到你周围。

秋细雨面上不动声色，道：难道你自己不怕药水的厉害?

叶闲花得意地道：一开始我涂的口红就是解药，所以我仍然可以自由

行动。

叶闲花逼视着秋细雨，问道：现在你还认为你能杀了我吗？

秋细雨道：我能。

叶闲花道：你不能动而我能动，你却能杀了我，这不是很好笑吗？

秋细雨道：是很好笑，但是你一定会被我杀死。

叶闲花道：为什么我会被你杀死？

秋细雨忽然反问道：飞刀能不能杀人？

叶闲花道：好像能。

秋细雨道：我有没有手？

叶闲花道：的确有。

秋细雨道：我手上有没有刀？

叶闲花道：你手上好像只有指甲刀。

秋细雨道：足够了。

叶闲花道：足够了？

秋细雨道：我有手有刀，就能置人死地。

叶闲花道：指甲刀也能杀人？实在可笑！

秋细雨道：以前，江湖中有七十三个人觉得我这把指甲刀很可笑。

叶闲花道：现在呢？

秋细雨道：现在人都已死了，死在这把刀下。

叶闲花道：你的手还能动？

秋细雨道：你要不要试试？

叶闲花脸上的笑容渐渐凝固，忽然间，她已出手！

一招“冒牌九阴白骨爪”直逼秋细雨天灵盖，这一招她已练过七年四个月零二十九天，她完全有把握相信没有任何人可以抵挡得了这一招。

可这一次她错了。

刀光一闪，“盗版小李飞刀”已插入她的咽喉。

她到死也不相信，一把指甲刀可以要了她的命！

闲花终于落地。

三个时辰后，药水的药效渐渐淡去，秋细雨终于可以动弹了。

望着叶闲花的尸体，秋细雨道：虽然你已经死了，但是我还要告诉你两件事。第一，我一直用指甲刀修整着手指甲是为了调整手和刀之间的同步率，说白了就是找手感。第二，我杀你的真正目的不是为了钱或者名利。

一边说，秋细雨一边从叶闲花衣服的口袋里搜出了刘翔的奥运会入场证。

秋细雨坚定地说：我爱北京，我要看奥运！

从此，再也没有人见过秋细雨……

经典中的经典，最牛回复！！！！！！！>>>>

1.

论坛楼主：我新买了一处庄园，有多大说出来吓死你——我开车绕一圈足足用了两个半小时！

论坛回复：嗯，以前我也有这么一辆破车。>>>>

2.

论坛楼主：你们女人大夏天的戴胸罩不热吗？

论坛回复：我们不戴你们会热……>>>>

3.

论坛楼主：征集骂人最狠且不露脏字的一句话。

论坛回复：你妈生你的时候，是不是把人扔了，把胎盘养大了？>>>>

4.

论坛楼主：《神雕侠侣》里小龙女胳膊上的守宫砂是什么东西？干什么用的？

论坛回复：守宫砂是处女的桌面快捷方式。>>>>

5.

论坛楼主：帅有个屁用——到头来还不是被卒吃掉！

论坛回复：帅有士陪，有炮打，有马骑，有车坐，有相暗恋……帅怎么不好？！！>>>>

6.

论坛楼主：美军在伊拉克不能抽身，说明美国是个负责任的国家！！！

论坛回复：那我股票被套牢说明我是个负责任的中国股民？？？>>>>

7.

论坛楼主：为什么 police 抓坏人时都要鸣警笛？难道不怕坏人老大远就听到跑了？

论坛回复：上级单位来检查之前，一般都会事先通知下级单位的。>>>>

8.

论坛楼主：你小时候曾幻想长大以后什么样的场景会让你在众人面前出尽了风头？

论坛板凳：挑一担粪上街，看谁不顺眼就迎面给他泼一瓢！>>>>

9.

论坛楼主：我得了健忘症怎么办？

论坛回复：那岂不是很爽？每天早晨醒来，发现睡在自己身旁的都是不同的女人。>>>>

10.

论坛楼主：该死的理发店把我头剪坏了！大家出点损招，要求破坏性越大越好，动静越小越好，因为是我一个人去。

论坛地下室：半夜三更，月黑风高，静静地、轻轻地，一个人吊死在理发店门口……>>>>

11.

论坛楼主：老娘我简直太有钱了，我该给保姆买辆什么车呢？

论坛回复：那就要看她跟你老公发展到什么关系了。>>>>

12.

论坛楼主：他今天山盟海誓说我是他生命中的一部分，我是他身体中的一部分，如果没了我，他就活不下去啦！

论坛回复：我的前男友也是这么说的，后来我才知道，我是他盲肠、阑尾、仔耳、六指这类可有可无的玩意儿！ >>>>

13.

论坛楼主：假如我有一亿人民币，我就可以贷款在汤臣一品买房子了！

论坛回复：嗯，不过你还要先借钱交物业费。 >>>>

14.

论坛楼主：天涯股市的达人们啊，请告诉我北京奥运会开幕前一天满仓能否把钱赚暴了？

论坛回复：不能，因为8月是以往中国股市最最危险的月份之一，其他最最危险的月份分别是3月、7月、1月、9月、10月、11月、5月、6月、12月、4月和2月。 >>>>

15.

论坛楼主：我月薪六位数，每月开销也在五位数以上，霍霍，爷我算不算有钱人？

论坛回复：真正有钱人怎么花钱都在自己手上。比如李嘉诚，在香港任何一个地方买东西，最后钱还是回到自己手里。 >>>>

16.

论坛楼主：大家聊聊双胞胎的事吧，随便什么都行。我爸就是双胞胎，但一个生下来就死了，一个不到四十也去世了。

论坛回复：你爸是哪个？ >>>>

17.

论坛楼主：大家猜猜我是哪个国家的混血儿 ^_^

论坛回复：中国人 + 变形金钢！ >>>>

18.

论坛楼主：求解梦，昨晚我梦见章子怡了。章子怡说她很喜欢我，可我说我有女朋友了，然后章子怡就哭了。

论坛回复：恭喜楼主变大人了，因为第二天你写的日记叫《梦怡》！

\>>>>

19.

论坛楼主：哈哈，成功抢注“功夫熊猫”这个 ID。大家说以后我在天涯用这个名字是不是很拉风啊？

论坛回复：你爸是鸭子！

\>>>>

20.

论坛楼主：昨晚遛狗时，俺们家大藏獒和小树林边一秃毛野狗咬起来。干！没想到藏獒竟然大败给一条草狗！！！

论坛回复：妈的，爷秃之前，他们都叫我狮子！

\>>>>

21.

论坛楼主：大家说我长得像不像伍佰？

论坛回复：只有一半像！

\>>>>

22.

论坛楼主：听到一特好听的歌，歌词只记得是“一个芝麻糕，不如一针细”，求歌名啊！

论坛回复：你可知 Macao，不是我真姓……

\>>>>

恐怖的聊天记录

光头和尚：你好呀！
灵尚女人：你好。

光头和尚：可以聊聊吗？
灵尚女人：可以。

光头和尚：你是女人吗？
灵尚女人：是的。

光头和尚：可以问一下你多大了吗？
灵尚女人：我可以不回答吗？

光头和尚：呵呵，当然可以。
灵尚女人：……

光头和尚：你平时都喜欢干吗？
灵尚女人：数人。

光头和尚：数人？什么叫数人呀？
灵尚女人：你不会明白的。

光头和尚：呵呵，那你今天数了多少人呀？
灵尚女人：58 个了。

光头和尚：呵呵，真有意思，你喜欢数人玩。
灵尚女人：是的，你是第 59 个。

光头和尚：哦？！什么意思呀？不明白。
灵尚女人：你会明白的。

光头和尚：呵呵，你真逗。对了，你是做什么的，结婚了吗？
灵尚女人：我结过婚了。

光头和尚：哦。那你老公是做什么的？
灵尚女人：他已经死了很久了。

光头和尚：哦。对不起呀！
灵尚女人：没关系。

光头和尚：那你想你老公吗？
灵尚女人：想。

光头和尚：唉，真是世事弄人呀！
灵尚女人：嗯。

光头和尚：我们交个朋友吧，有空一起喝茶。
灵尚女人：好的。

光头和尚：很高兴认识你！
灵尚女人：我也是。

光头和尚：择日不如撞日，干脆就今天吧，今晚我们一起坐坐吧。
灵尚女人：好的。

光头和尚：呵呵，你真的会来吗，一言为定哈！
灵尚女人：会的，我可以带着老公一起来吗？

光头和尚：啊？！你老公？？他不是已经……
灵尚女人：是的。

光头和尚：那……那你怎么带他来?
灵尚女人：没事，还差一个就60人了，你等我一会儿。

光头和尚：60人?！啥……啥意思?
灵尚女人：……

光头和尚：喂……你还在吗??
灵尚女人：在。

光头和尚：你到底是什么意思?
灵尚女人：好了，凑足60人了，你在家等着，我晚上来接你走。

光头和尚：晚上你来接我走? 什……什么意思?！
灵尚女人：嗯。

光头和尚：你……你到底是什么人?！
灵尚女人：我不是人。不回话的人，晚上我跟定他了！

恐怖的聊天记录

内蒙古同学忽悠外省同学的经典对话（爆笑）

1.

问：你们是不是骑马上学啊?

答：嗯，一出火车站，我爸我妈就骑着马等我呢！从南方回家的时候从北京转车，下了火车到马站，50 匹马连在一起往家里开，广播里还说："检票口检票员同志注意了，开往赤峰方向的特快 111 次马队准备开跑了，请给马喂饱饲料……

2.

问：草原真的好辽阔啊?

答：的确，你就闭着眼踩着油门往前冲吧，5 分钟后再睁眼没问题。

3.

问：你家是养羊的吧?

答：嗯，那是那是，睡觉时我搂一只，我妹搂两只。

4.

问：你们上网怎么办啊?

答：我们用笔记本，放马背上，有太阳能吸收板，手机无线上网。

5.

问：你们怎么洗澡啊?

答：跳到河里洗呗，一三五男人洗，二四六女人洗，周日休息让微生物净化一下。

6.

问：你们是不是都住在蒙古包里啊？平时都穿蒙古袍？

答：对啊，我们一个星期去城里买一次东西，到城里才穿便装，平时都穿蒙古袍……

>>>>

7.

问：那你们上学咋办啊？远不？骑马吗？

答：骑啊，不骑马学校太远去不了啊！

>>>>

8.

问：那你们把马放哪儿啊？

答：我们学校有马棚……还有的直接拴在楼下。下课的时候直接从窗户跳下去，跳到马背上，骑着就走了。

>>>>

9.

问：你们那里牛羊肉是不是不要钱啊？

答：嗯，我们家门外遍地都是。想吃就随便在外面抓一只，也不管是谁家的。反正那么多也看不出来，还是新鲜的呢。

>>>>

10.

问：来天津得多长时间啊？

答：我和老爸骑马来的，还带了一群牛羊。赶了三天三夜才赶到火车站，把牲口往火车上一塞，坐了一天一夜才到。下了火车把牲口一卖，父亲把卖的钱激动地塞给我说："你的学费有了。"

>>>>

11.

问：你们打的吗？

答：打，有钱打个马的，没钱打个骆驼的。

>>>>

12.

问：你怎么上课？

答：老师骑着马，拿着粉笔，在黑板这边写一道题，骑马走到黑板那边再写一道题；老师提问时，我们就把答案纸绑在箭上，然后射在黑板上！

>>>>

13.

问：你家有水龙头吗？

答：我家有三个水龙头，左边蒙牛纯牛奶，中间自来水，右边伊利酸奶，牛奶费和水费一起收，价钱一样。

>>>>

14.

问：你是不是很会跑？

答：我一直练长跑，小时候跟着马跑，长大了，马就只能跟着我跑了。

>>>>

15.

问：你们的马聪明吗？

答：我们内蒙古的马上了马路都会认红绿灯！见到红灯就立马儿停下，见到绿灯撒丫子猛跑。嘿嘿。

>>>>

16.

问：听说你们内蒙古杀人不犯法是真的吗？

答：也不能这么说吧，我们一年有 5 个杀人指标，杀人在 5 个以内（含 5 个）不判死刑。

>>>>

17.

问：内蒙的人是不是都很能喝酒？

答：不啊，我们也不怎么喝酒。

问：那什么时候喝啊？

答：没事的时候，回家我就和我爸一块喝两碗马奶酒，喝完了再说话，这是规矩。我们从来没喝过啤酒，草原上哪有那东西啊？喝白的从来不用杯，否则那是骂人，全用碗。喝酒跟喝水似的。

>>>>

18.

问：你们怎么打架？

答：我们都是群殴，就像古代战场，每个人骑着马，挥着大刀，一顿火拼。>>>>

19.

问：真的每个人都有刀吗？

答：有，看谁不顺眼就捅谁，把对方捅死后不收尸，尸体直接被狼叼走。>>>>

20.

问：你原来会说汉语？

答：嗯，来的时候在火车上刚学的。>>>>

21.

问：你们住窑洞吗？

答：不，我们住树上。>>>>

22.

问：内蒙古是不是在拉萨？

答：嗯，内蒙古是拉萨的省会。>>>>

23.

问：你的很多小辫子呢？

答：为了上大学只好剪掉了。>>>>

24.

问：你们还吃生肉吗？

答：我们老大发明了钻木取火，我们吃烧烤。>>>>

25.

问：你是内蒙古人啊？

答：是啊。

问：那太好了，下次我去拉萨旅游，就住你家了啊。

答：没问题，不过我家离拉萨稍有点远。

问：那你们怎么来上学？

答：骑驴到北京后坐飞机。

问：那一定很久才到吧？

答：习惯了，提前半年出发就行。

问：怎么不骑马呢？

答：在内蒙古，骑马是穷人干的事情，像我们考出来的，都是骑骆驼和驴。内蒙古没有高考，考试都是比赛射箭，一公里以外摆个牌子，写上“清华”，旁边放一个“北大”，然后一个人有三次机会。我第一次射清华，第二次射北大，都失败了。最后为了保险，射了最近的一块牌子，就是这个学校……

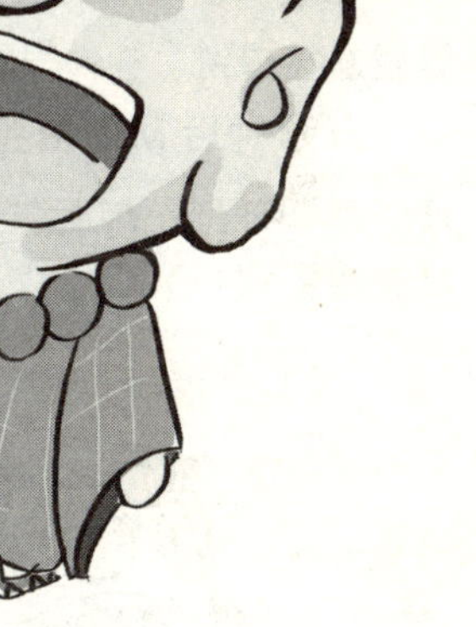

女生最看重的东西（巨搞笑！）>>>>

MM 说：“我爱你。”

我脸红了，我不想害她，“我没钱，更没有房子和车。”

MM 盯着我的眼睛，“我知道。”

“我的月薪只有一千五。”

MM 的目光仍然坚定无比，“以后会多的。”

我用颤抖的双手拿出一支烟叼在嘴上，“我每天要抽一包烟，一喝酒就闹事。”

MM 笑了，“以后有我在，你放心。”

我的脊梁上冒起一阵寒意，结结巴巴地对她说：“其实……其实我很流氓……幼儿园就喜欢去女厕所，小学就没了初吻，中学就……”

MM 没等我说完，就软在了我的怀里，声音细若蚊鸣：“早知道你好色，你老偷偷瞄我胸脯……”

一股鼻血喷涌而出，我抱紧了 MM，温热娇小的身体让我热血沸腾。这时我忽然想到了一件很重要的事情，我决定把这事告诉 MM……

五秒钟后 MM 抬头问我：“真的？”我悲愤地点点头。MM 沉默片刻挣开我的怀抱，抬手给了我一个耳光，她愤怒地朝我喊道：“你丫竟然在书店光看不买！”

武侠电视总结

从小到大，可以说，我是一直看着中国武侠片长大的。中国武侠，确实有着自己的风格和传统，在世界影坛也有一定的地位，甚至有的外国朋友曾经问过我说："你们中国人，是不是练练就都能飞？"我忍笑之余也认识到，中国武侠的某些特点，不但给我们中国的观众留下了深刻的印象，也让外国朋友叹为观止，下面是一篇关于中国武侠片特点的超级总结，与大家共赏。

悦来客栈是古代最大的连锁客栈。

超级巨毒、解药、暗器全都来自西域。

平时朝夕相处的人，只要穿上夜行衣，蒙上面纱，对方就不认识。

长着超长白发＋胡子的绝对是旷世高人，和他要拉好关系。

在乱箭中，英雄要是不想死就可以不死，如果死了，也是因为坏人挟持了英雄的亲人导致英雄分心。

一定要象征性地打几下再出绝招，并喷着口水大叫："去死吧！"

使出必杀技前要做出很花哨的动作，还要做上一两分钟，但敌人绝不会乘机偷袭，尽管这是个好机会……高手都无视万有引力，四处乱飞且飞得飞快，不过要是赶路，却会骑马。

大侠套餐：2斤熟牛肉＋上等女儿红。

好人从不下毒，坏人总下毒。但好人从不下毒，却总有人怀疑他；坏人总下毒，却从没人怀疑他。

大侠为了显示自己的修为，常常捡起一根树枝将不知天高地厚的小角色打败……

在一条笔直的街道上被人追杀，尽管有好多事情要做，但弄翻两旁小摊是最重要的。

会有绝世佳人救起身受重伤的英雄，日久生情……

菜市场杀猪的绝对是个胖子。

有钱人姓金、钱；穷人叫二狗。好人坏人伪君子一听名字就知道。

很喜欢在酒楼里闹事，先掀翻桌子，再摔椅子，最后才火拼。

经典台词：A：在下某某某。B：原来是某某某，久仰久仰。A：不敢当不敢当。

单挑时，“正义”一方支撑不住了，就会喊人帮忙：“对付这种魔头，不用和他讲什么江湖道义，大家一起上！”

少林图书馆经常失窃。

被追的人往往在快被追上时扔闪光弹，并在这一段时间逃得比平时快10倍。

一个人喝闷酒，一定会下暴雨。

拔剑时，有时会有剑气，有时会拔不出来。

朝廷大将军武功很菜，公公才是高手。

总有那么一本书，一把剑，一块玉让人抢。

要么从小习武，要么从不习武，否则是成不了大气的。

这车太挤了，把一个人的胸罩都挤掉了 >>>>

上周四感冒了，在家休息，
上午打了一针，屁股好疼。
吃完午饭，正在看电视，
老婆来电话让我去给她买文胸（也就是 bra）。
当时，我脑袋里一片空白。
天啊，怎么买啊？！
但是一向无敌的我，怎能说不敢去买？
反正不是周末，路上人不多，我就去看看。
附近有个大超市肯定有。
问完尺寸——出发！

到了超市二层，找到了文胸货架。
好家伙，这么多，琳琅满目啊！
至少有上百种。
可是都是女孩子在挑选啊！
只有一个男的还是陪女朋友的。
怎么办？

我只好在旁边装作要买保暖内衣。
一看文胸货架前面没人了，我马上跑了过去。
本来想以最短时间随便拿一个就走，
突然发现不可能。
文胸大小号码怎么没标出来啊？
老婆说不要带海绵的，我只好用手摸一下文胸的厚度。
就在我用手接触到文胸的一刹那，一对情侣出现了。
女的在看文胸，男的在看我。

靠！我倒。
我只好再次去保暖内衣货架前躲起来。
这对男女挑了半天才走，边走边聊天。

我只好硬着头皮再次过去挑选。
这时候，突然听见后面一个男人小声地说了一句：刚才就是他。
我一回头，刚才那对男女又回来了，
指着我在窃窃私语。
女的看我的眼神由好奇变成了吃惊。
妈的，不会把我当成变态了吧？！
以为我有恋物癖吧？！

真想揍一顿这个猥琐男。妈的，恋物癖是拿用过的文胸不会拿新的！
但是又怕影响我的光辉形象，
只好以最快速度拿了一个闪人。
出了一身汗！

快步走去结账。
当我到达收银台的时候，我后悔了。
收银台的人不少啊，大家在排队的时候，都无所事事地东张西望。
而我的购物筐里面只有一个文胸而已。
大家的眼光在飘移中在我的腋下停止了。
我当时想的就是——马上结账走人。

这个世界很多时候是不能如愿的。
前面的 5 个人却有 4 个刷卡。
大姐 10 元东西还刷卡，我想揍人了！
而我前面的那位大妈买的棉裤竟然没有标签……
这位大妈只好又回到超市去找标签。
在旁边的收银台已经换了 3 茬人的时候，
该我结账了！一种解脱感油然而生。

56.30 元，我有零钱，我不刷卡！
当我把钱一分不差地给她，准备离开的时候，
收银大姐说了一句话：
“对不起，我这里没有塑料袋了，您自己拿走行吗？”
“对不起，我这里没有塑料袋了，您自己拿走行吗？”
“对不起，我这里没有塑料袋了，您自己拿走行吗？”
……

我自己拿走行吗？妈的，我一个大男人能拿这个走吗？
我刚要发火，回头看了看十几个一直盯着我购物篮的变态们。
狠狠地说了句“行！”，扭头就走小票都没要啊！
还好，我穿着棉大衣可以把它放在大衣里面。

累死我了，坐车回家吧。
一会儿车来了，人还不少。
没关系，我一个箭步就冲上去了，在人群之中第一个上了车。
从大衣里面的口袋里掏出公交卡，滴的一声，然后向车尾座位走去。
这时候，售票员在我耳边喊了一句：
“小伙子，有东西掉地上了……”
“小伙子，有东西掉地上了……”
“小伙子，有东西掉地上了……”
……

下一幕，就是我灰溜溜地拿着文胸下了车，头也不回地走了。
身后有人说：“这车太挤了，把一个人的胸罩都挤掉了……”

"短信门"事件 >>>>

前阵子有一晚加班到晚上 10 点多，还没有下班。于是，我就给老婆发了条短信："亲爱的，我还没有下班，你睡觉了吗？"短信发出去后不久，收到回信，是经理回的："你小子还没有下班啊，下次别叫我亲爱的，被我老婆看到就麻烦了，我的性取向很正常！"

我当即晕了，之前那条消息居然错发给我们经理了，真是丢人得不行，赶紧再发了条短信给经理，说是发错了短信。第二天，上班看到我们经理，我还是觉得很丢脸。不敢大声跟同事说，就很郁闷地打开 MSN 窗口，跟同事在 MSN 上说我昨晚发错手机短信的事。聊到一半的时候，我接了个电话，就顺手把和同事的聊天窗口关了。

接完电话，我点开同事的名字，继续聊，根本没发觉到我其实是点开了经理的 MSN。对话如下——

我：刚才说到哪儿了?

经理：what?

我：昨晚发错短信的事。

经理：没关系。

（我还在想，什么没关系，真是答非所问嘛。）

我：是没关系，不过很丢脸的，继续讲给你听吧。后来那 SB 回我消息说，他的性取向很正常，靠，肯定是把我当成"那个"了，真是 SB。

（经理沉默了半天，估计是看到消息已经郁闷得不行了。）

经理：看清楚点，我就是那 SB！

这下轮到我崩溃了，到现在我都还没敢再跟经理打招呼。

真是晕，我们经理在 MSN 上叫 Terry，那个跟我聊天的同事叫 Terey。

>>>

8个恶心笑话，看你能忍到第几个 >>>>

一、偶小时候吃饭不老实，一老农为了教育我，对我说：60 年苦呀，没饭吃，抠出来的鼻屎从来不扔的。

二、有个富豪找佣人，面试的题目是上厕所。前几个上完后都没有洗手就出来了，富豪因此把他们打发走了。只有一个洗了手，于是富豪留下了他。可是有一天，富豪却发现他没有洗手就出来了，富豪问他是为什么？佣人答道：“偶今天带了手纸……”

三、一个男子看见一家商店大减价，便走了进去。“您买些什么？”“我想买狗食。”“我们有规定，您必须证明您有狗。”“哪儿有这样的规定？”“减价商品就是这样。”男子与售货员磨了半天，售货员还是不同意卖给他。没有办法，男子只好回家把狗带来，才买到了狗食。过了几天，男子又去这家商店买猫食。“给我两盒猫食。”“我们有规定，您必须证明您有猫。”还是那个售货员，男子又与她磨了半天，结果还是不得不回家把猫带来才买到了猫食。又过了几天，男子抱着挖有一个洞的大纸箱来到那家商店，找到那个售货员。“您想买些什么？”“你把手伸进去就知道。”售货员把手伸了进去，“是什么呀？黏糊糊的。”“我想买两卷儿手纸。”

四、有个人带着朋友去探望他的外婆。当他和外婆说话时，他的朋友开始吃咖啡桌上放的花生，并且把花生都吃完了。当他们离开时，他的朋友对外婆说：“谢谢您的花生。”外婆回应说“哦！嗯！唉！自从我牙齿掉光后，我就只能吸掉它们外层的巧克力而已。老了，咳……”

五、有人很喜欢“麻辣粉丝煲”这道菜。有一次，他上饭馆，又点了这道菜。但侍者告诉他，这道菜已经卖完了。“真的卖完了吗？”他很失望地问。“先生，真的卖完了。你瞧，最后一份卖给那桌的先生了。”侍者回答道。那

人顺着侍者的指点，看见有个很体面的绅士坐在邻座。绅士的饭菜已经吃得差不多了，但那份“麻辣粉丝煲”居然还是满满的。那人觉得绅士很浪费美味，于是走到绅士旁边，指着那份“麻辣粉丝煲”，很有礼貌地问：“先生，这个您还要吗？”绅士很有风度地摇摇头。那人立刻坐下，拿起调羹狼吞虎咽起来。风卷残云，一会儿一半下肚了。突然间，他发现在砂锅底躺着一只很小很小、但皮毛已长全的小老鼠。一阵恶心，那人把吃下去的所有粉丝通通吐回了砂锅里。当他在那儿翻胃不已的时候，那绅士用很同情的眼光看着他，说：“很恶心是吗？刚才我也是这样……”

六、这天，酒店老板正在大厅巡视。来了一乞丐上前说道：“老板给根牙签行吗？”老板给他一根牙签把他打发走了。一会儿，又来了一个乞丐也是来要牙签的。老板心想：现在这乞丐怎么不要饭改要牙签了？也同样给他一根牙签把他打发走了。没过多久，又来一个乞丐。老板对他说：“你也是来要牙签的吗？”乞丐说：“有个人吐了，可我晚了一步，已经被前面两个乞丐把能吃的都吃了，现在只剩下汤了。您能给我根吸管吗？”

七、老大、老二乘坐飞机，老二晕机，不停呕吐。一袋吐满，老大只好去取袋子，等他回来时，发觉全机人都在不停地呕吐。老大问其原因，老二说：“我看到这只袋子也吐满了，只好又喝进去了半袋，结果他们就全吐了。”

如果您看到现在还没吐的话，那我不得不承认您是个高手，那我要出绝招了——

有一天，老大和老二又去戏院看戏，看到中途，二人为情节发展而争执起来，并为此打赌。老大指着前边摆的一排痰盂说：“输的人要喝一口那里边的东西。”不幸，老大输了，于是老大皱着眉头喝了一口。二人接着赌下边的情节。这次，老二输了，只见老二抱起一个痰盂，咕咚咕咚连喝了十五大口。老大大惊失色，佩服得五体投地，对老二说：“你太了不起了，居然能连喝十五大口！”老二摇摇头，“不是我想喝，那个痰盂里的痰太浓，我实在咬不断！”

19条欠扁的短信——不信可以发发试试 >>>>

1.

跟你当了这么久的朋友，你一直都很关心我，
我却时常给你添麻烦，真不知该怎么报答你……
所以，下辈子做牛做马——我一定会拔草给你吃的！
>>>>

2.

没事！没事！没事！没事！没事！没事！没事！
没事！没事！没事！没事！没事！没事！没事！
就跟你说没事了，你还按个屁啊？！
>>>>

3.

很想你，可是又不好意思打给你，
怕你正在忙，怕你不理我，怕你觉得我骚扰，
真的好想跟你联络，但是……
电话费实在很贵，你打给我吧！
>>>>

4.

如果你是流星我就追定你，
如果你是卫星我就等待你，
如果你是恒星我就会恋上你，
可惜……你是猩猩——我只能在动物园看到你！！
>>>>

5.

现在的我好乱，心里不知道在想些什么。
人都快被烦死了，我真的不知道要怎么办？
你能不能告诉我？我真的不知道要吃大干面还是阿 q 桶面！ >>>>

6.

谢谢你在我最失意的时候陪伴着我，
在我最需要帮助的时候拉了我一把，千言万语诉不尽，
只想告诉你：
“自从认识你没有一件好事发生！你真带衰！” >>>>

7.

对不起！那么晚了还传短信给你。
如果有吵到你的话，在此跟你说声——
活该！谁叫你要比我早睡呢？呵呵。 >>>>

8.

遇到你——是我心动的开始。
爱上你——是我幸福的选择。
拥有你——是我最珍贵的财富。
踏入红毯——是我永恒的动力。
永远爱的人——是你。
遗憾的是——我发错人了！ >>>>

因为你，我相信命运；因为你，我相信前世今生。
也许这一切都是上天注定，冥冥之中牵引着我俩，
现在的我，好想说……
我上辈子是造了什么孽呀！ >>>>

10.

从明天开始，市政府决定收容所有长相丑陋、有损市容的弱智青年！你快快收拾东西，出去避避风头，别跟人说是我通知你的，切记！不用感谢。

>>>>

11.

上帝看见你口渴，创造了水；
上帝看见你饿，创造了米；
上帝看见你没有可爱的朋友，创造了我；
然而上帝也看见这世界上没有白痴，顺便也创造了你。

>>>>

12.

如果政府规定一个人一生只能对一个好，我情愿那个人就是你。
我无怨无悔，至死不渝！
但偏偏政府没规定……那就算了！

>>>>

13.

想你是件快乐的事。
见你是件开心的事。
爱你是我永远要做的事。
把你放在心上是我一直在做的事。
不过……骗你，是刚发生的事。哈哈！

>>>>

14.

电话响了一声，代表我正在想你！
两声，代表我喜欢你！
三声，代表我爱你！
当第七声响起……
妈的，我是真的有事找你，还不快接电话！

>>>>

15.

根据统计，超过 99.9% 长得像猪头的人都用大拇指来按钮看短信！嘿嘿，不用换手了啦，已经来不及了。猪头！哈哈哈！

16.

我把你的名字写在天空里，可是被风吹走了；
我把你的名字写在沙滩上，可是被海冲走了；
我把你的名字写在每一个角落……
×××，我被警察抓走了！

17.

如果长得好看是一种错……我已经铸成大错。
如果可爱是一种罪……我已经犯了滔天大罪。
做人真难！你就好啦，没错又没罪……真羡慕你！

18.

当白云飘过，那是我想你的痕迹；
当阳光闪耀，那是我想你的感觉；
当雨水落下，那是我想你的证据；
当雷电交加，那是我向天祈求你被劈中——哈哈！

19.

如果说烧一年的香可以与你相遇，
烧三年的香可以与你相识，
烧十年的香可以与你相惜，
为了我下辈子的幸福，我愿意——改信上帝！

31个搞笑小段子

1.

这是发生在我朋友身上的一件真实的事情……一次，他在他女朋友家吃饭，当时只有他、他女朋友和女朋友的爸爸三个人。这时电视中正在播放一个教跳老年迪斯科的节目，领舞的那个大叔长得很BT。这时，他女朋友便开玩笑地和他说："哎？！这人怎么长得这么像你爸呀？哈哈。"当时，我那个朋友正在大吃，便想也没想，大声呵斥道："像你爸！！！"此后，房间内沉寂了3分钟。

2.

有个朋友忘了隐藏艳照门的pp，被他老爸看到，训他训到了一点多，第二天早上起来，他爸还接着训他。

这个朋友忍无可忍，跟他妈说："我看这个怎么了？我都24了，是狗也该拉出去配种了！"

3.

有次大热天时我们打麻将，突然停电了，只好买了蜡烛继续战斗。过了半个小时，实在热得受不了了，一人说："还是开电风扇吧，热死了。"

另一人接口："不能开，开了会把蜡烛吹灭的。"

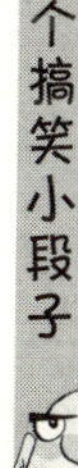

4.

今天，餐馆有两伙人打架，其他无关的人都跑掉了，只有我没有离开座位，微笑地看着他们。我觉得自己非常酷。

突然有一个人指着我说："打他们老大！"我刚要说我不是，一个酒瓶子就把我头打开了花。然后几个人过来踹我。另一伙看他们在打不认识的人竟然也不帮忙。

我快被打半死时 police 来了，还把我当成主犯拉回去审讯，刚才才被家长领回家。我现在悟出了一个非常深刻的道理，就是：没实力，千万别装 B！

5.

昨天陪老婆逛街，从身边走过去一个美女。

老婆：老公，那 MM 不错哦，她穿的衣服也不错哦。

我：我去把她衣服扒了，衣服归你人归我。

MM 好像听到了，回头看了我们两口子十几秒。

6.

一个小孩坐在门口玩耍。一个中年男子问他："你爸爸在家吗？"

小孩答曰："在家。"中年男子便去按门铃，按了很久，无人开门。

于是，男子生气地问："为啥不开门？"

小男孩答："我哪知道，这又不是我家！"

7.

小时候，我刚学骑自行车，还不太会骑就跑到大街上，看到前面一个老大爷在走，自己感觉要撞上，就大叫："不要动，不要动。"那个老大爷一下站在那里没有动，结果我拐来拐去，还是撞上了。老大爷站起来说："你瞄准呢。"当时尴尬死了。

8.

一天，我看了《蜡笔小新》的漫画，想学他在身上画画，当然不可能完全照搬啦，退而求其次，在男朋友的胸前画了个 naizhao，两个人笑得不亦乐乎，之后他也没洗澡，继续干别的事情。过了一会儿，男朋友说要出去倒垃圾。倒垃圾的地方离家很远，要经过一个菜市场。十分钟后，男朋友回来了，扑在我怀里猛哭。原来他是光着膀子出去的，经过菜市场的时候发现回头率极高，正洋洋得意的时候，猛然想起胸前还鲜明地展示着我的画作，以后没法混了！

9.

今天中午和朋友去吃饭，挑了一家人比较少的餐馆。后来，我们才知道这个决定有多么错误。

进去后点了不少菜，先上了土豆丝，朋友看了下说了句："这也太少了吧？"

老板恰好在旁边看电视，扭头说："咋，给你杀头猪？"

我朋友一愣说："你怎么这么说话呢？"

老板说："咋，给你叫声爹？"

朋友很气愤，就站起身说："我走我走！"

我也和朋友一起走。

老板不依不饶："咋，给你打个的？"

朋友崩溃……

10.

初中时，一天正上课，忽听后排一声巨响，全班回头，看到后面一同学嘴唇红肿（酷似《东城西就》里的梁朝伟造型），并有 N 多塑料碎片插在上面——原来此君上课闲着没事，咬打火机玩，不料质量太差，爆了。

11.

我一哥们儿突然心血来潮去教室上自习，发现旁边坐一 MM。快到午饭时间时，他转头对 MM 说："同学，能借我 5 块钱吗？我钱包忘宿舍里了。你看，这是我的学生证，先押你这都行。我中午想吃碗面条。"

那 MM 想了一小下，说："行。"正在掏钱的时候，我哥们儿又说："你要是借我 10 块，我还可以请你吃一碗。"

\>>>>

12.

我们上初中的时候不是很开放，啥也不懂。有次上体育课，老师叫我们绕圈跑。跑了几圈，就有女同学在体育老师耳边嘀咕几句，然后就不用跑了。一会儿又有好几个，我们男生就奇了怪了。当我们跑过老师跟前的时候，恰巧有个女生又在嘀咕。突然，我哥们儿说"我听到了"，然后，他得意洋洋地跑到老师面前也说了那句话。他说完竟然挨了两个嘴巴！后来，我们问他说了什么。他委屈地说："我按她们说的：老师，我有例假！"

\>>>>

13.

下班，路见一小广告，征婚，男女不限。真牛！

\>>>>

14.

我朋友的糗事：她是个女生，考驾照的时候特别紧张，就怕过不了，手握方向盘握得特别紧。监考的看她紧张就说：别紧张。她回了句：我不紧张，他们说把监考的当条狗坐在身边就行了。

\>>>>

15.

昨天下班途中，与同事闲聊，她说起她老公是属猪的，但是在年尾生的，算起来该算是猪尾巴……我马上头脑发热，说了一句让我悔恨终生的话，我大声地，激动地，脱口而出："我是猪头！……"

\>>>>

16.

昨天在电梯里一开门，哇，全是帅哥！我很优雅地走进去。正窃喜，一个两三岁的小女孩跑进电梯，冲我咧嘴一笑，大喊一声："妈妈！"

我很镇定地、和蔼地弯下腰："小妹妹，你认错人了，我不是你妈妈。"

电梯又开了，这次进来一条小狗，一进来就高兴地绕着我转，不停地摇尾巴，那个高兴劲儿！这我算没辙了。

17.

有一次我逛街的时候，觉得肚子很痛，于是走进街角的"119 吃到饱火锅店"，想借用厕所。偏偏找遍了一楼就是找不到厕所，于是我就跑到二楼去。二楼还在装修，空荡荡的没放任何东西，但是却发现设有一间厕所，门上贴着"故障维修，请勿使用"。

但我实在是忍不住了，管他三七二十一，反正四下无人，脱了裤子就朝马桶蹲了下去，噼里啪啦……好爽！

结束后，我下楼却发现楼下空无一人。奇怪了，正值晚餐时间刚才楼下还高朋满座的，怎么一下子就人去楼空呢？连服务生和接待都不见了……

于是我走到吧台，大声问道："有人吗？怎么都没人了？"

这时，只见一个男服务生从吧台下面钻了出来，说道："我靠！刚才大便从天花板掉下来打在电风扇上的时候你不在，算你运气好。"

18.

高中时，一次下课，同学们都抢着到外面买盒饭。一女生为了比别人先到，绕了个近道走，结果前面井盖没盖好，掉了下去。一会儿，她撑着井沿往上爬，很是狼狈。一群初中小孩惊骇地从她身边走过，她竟急中生智，一边爬一边说："哎！真难修啊……"

19.

我高中的时候，中午在家睡醒后吃了两个橘子，吃完手指上黄黄的，也没洗手就直接去了学校。下午和同学们在一起的时候，有个同学说："你丫怎么这么恶心啊，拉完屎擦手指头上了！"我说："不是屎，是中午吃橘子搞得。"说完还嘬了嘬手指。

没过两天惨了，全学校都知道我们学校有个拉完屎用手指头擦屁股，等干了不时嘬嘬手指头还说有橘子味的同学。>>>>

20.

一天和一个美女好朋友走在街上。

突然有卖 A 片的小贩过来对我的好朋友说：

"嘿，妹妹，你快来看看，又来新片啦！"

我的朋友大怒：

"又什么又，我认识你吗？" >>>>

21.

在饭馆吃饭，我席间内急，服务员热情地说："我们饭馆没有卫生间，你可以去对面公厕，我们和他们有约定，到那儿你就说你是'吃饭的'。" >>>>

22.

刚恋爱的时候，不懂得怎样和女孩亲热。有一次和女友激情，亲她耳朵，不知不觉一大口口水下来了，全滑进她耳朵里……

大家对身边东西进水第一反应是什么？比方说鼠标、手机、psp 进水了？

我那时候啊，马上把她的头扭转九十度，然后……用手掌敲了她耳朵一下，力量还挺大。>>>>

23.

某日，我的一位女性朋友跑过来对我说："郁闷，我血崩了。"

"血崩？"我问。

"就是月经流量很大！"她答。

哦，身为男性的我当然不知道什么叫血崩了。

花开两朵，各表一枝。

几天后，几年没给我涨工资的老板突然给我涨工资了。

我坐在办公室喜滋滋地拿着工资单，说："这感觉，就像几个月没来月经，今天突然来了个血崩。"

说完抬头一看，全办公室的人都盯着我……

24.

真的很丢人了！今年五一假期的时候，我和妈妈一起去商场。我们逛了很久，后来走到一个卖运动鞋的专柜，我妈要我试一双鞋，当时我累得不行了，甚至觉得自己神志都不是很清楚。……可能是之前试裤子试得太多了吧，我竟然二话不说就开始解腰带，接着又很自然地要拉裤门，天啊，我妈叫道："喂，你干什么？？！！"

我这才反过味来！那个卖鞋的售货员看着我都呆了。我当时真是……哎！脸和烧猪一样烫呀！太丢人了！

25.

高中时，我和朋友在学校附近吃午餐，他点了一碗宽面条，另一朋友在喝可乐，然后不知道谁讲了个笑话，喝可乐的人笑呛了，可乐从鼻子里滴出来。朋友哈哈大笑别人的糗状，谁知道一条宽面条从鼻孔里喷射而出！

大学毕业后，每次见到他还会不由自主地想笑。

26.

有一次，我在车站外面的商店里买东西。

突然，冲过来一个男的，

急急地喊：

“同志，给我来包卫生巾！”

我跟售货员都一愣。

后来一想也没什么，

也许帮他老婆买的呢。

售货员马上递了一包日用卫生巾给他。

他很急地说：“不是这种的。我不要这种的！我要男士用的那种卫生巾！”

我跟那售货员当时都崩溃了……男士用的没听过！

最后才弄明白原来他想要面巾纸。

>>>>

27.

放假的时候，我去同学学校玩，同学是个女的。她陪我在学校逛，经过一个厕所，她说去一下洗手间。然后，我说我也要去一下。于是，我转身向男厕所走去。突然，她叫住我，从包里拿出一包纸巾，说：“里面没纸，你带了吗？”说完把纸往我手里一塞……

然后我们就互相看着，看着……她好像忽然反应过来，脸一红，说：“你就用来擦擦手吧……”我心里一直嘀咕：你不知道男生只要抖两下就行了吗？

>>>>

28.

单位附近有个傻子，好像是因为做什么手术一下子把脑子做坏了，于是神经跟脑子就有问题了。这个人每天见了人不管认识的还是不认识的，总是追着人家问一句话：是不？是不？是不？就这俩词儿逮着一个人能问 N 次。有一次下班，在单位门口遇到他，我正着急办事，他走过来。我看见他好像要跟我说话，我连忙说：“是了，是了，是了……”结果那个傻子只说了俩字——傻 ×！我差点晕死。

>>>>

29.

初中时候的事——两个同学（同桌）不知怎么的对骂起来了。一个人骂另一个人说："我同桌是个 SB！"另一个人直接急了，回骂道："你同桌才是个 SB！"之后，我们在旁边的一群人爆笑不止……

30.

一个新来的店员，做每件事都得背口诀。有一位老太太买了一瓶酱油，店员："收您 ×× 元，找您 ×× 元，请问您需要吸管吗？"老太太顿时晕倒……

31.

一次放学，同桌招呼我和她一块去吃饭，临走的时候，她好心地提醒我："去上趟厕所吧。"我当时可能光想着吃饭了，脱口而出"我不饿"……回头一看，我同桌笑得蹲地上了。

2009爆笑短篇小笑话 >>>>

1.

瓜子脸，红酥手，杨柳细腰，樱桃小口，杏眼柳眉，肤白如藕……你真美，比植物还美，难道你就是传说中的植物人？！ >>>>

2.

一张盗版的 windows 光盘上写着：“正版费用我们在清王朝时已经付过了，所以无须激活，尽请放心使用！” >>>>

3.

老婆破天荒地第一次支持我买车——赶紧买辆车吧，这样去看我妈的时候带东西就不用发愁了，而且去看你妈的时候还可以多带点东西回来…… >>>>

4.

女人一生喜欢两朵花：一是有钱花，二是尽量花！ >>>>

5.

只要不要脸，谁一天都能写几十首现代诗。 >>>>

6.

早晨懒床，遂从口袋里掏出 6 枚硬币：如果抛出去 6 个都是正面，我就去上课！思忖良久，还是算了，别冒这个险了…… >>>>

7.

大学里，骑自行车的可能是个博导，而开奔驰的则可能是个后勤。>>>>

8.

我把棉裤那么一脱，春姑娘就轻盈地来了。>>>>

9.

最受不了这样的商家——牌子上写道：拆迁，给钱就卖！一件羽绒服我甩给她5块她就是不卖，太欺诈消费者了！>>>>

10.

我花8万买了个西周陶罐，昨儿到《鉴宝》栏目进行鉴定，专家严肃地说："这哪是西周的？这是上周的！">>>>

11.

高考成绩出来后，老师长舒了一口气对偶说："其实没考上，对你和××大学都是一种幸福。">>>>

12.

大学毕业后某日，偶看到好久没联系的同学在河对岸放马，我就嘲笑他说："小样，都混成这样了。"结果他就跟偶吵起来。偶怒："靠，有种你放马过来啊！"他也怒："谁怕谁啊？有种你牵牛过来呀！">>>>

13.

孩儿他娘，咱这辈子还有很多事要做呢，别耽误工夫和我玩捉迷藏了，赶紧蹦出来吧！>>>>

14.

连贝克汉姆都不知道，你丫还有什么资格敢跟我谈篮球！>>>>

15.

没有女人的日子里，我以调戏男人为乐！>>>>

16.

女生如何装清纯？说话时，把所有的“我”字都换成“人家”，就这么简单。

>>>>

17.

今天是植树节，咱也买点葱回家种！

>>>>

18.

某女的一篇博客日记：× 月 × 日，大醉而归，伸手一摸——手机和贞操都在，睡觉！

>>>>

19.

人大终于排在清华北大前面了——卖票大妈卖力地喊：“魏公村，人大，黄庄，北大，清华啦！抓紧时间上车喽！”

>>>>

20.

毕业后接一大活儿，完事后能挣 30 万，拿图纸一看，要盖一 40 米的烟囱。都盖好了，人家来一看，把我狠揍一通！我靠，图纸看倒了，人家是让挖口井……

>>>>

21.

高中时，班主任常开导我说：“美女多如过江之鲫，你现在只需好好织网！”考上清华后，我想拿猴皮筋弹他家玻璃……

>>>>

22.

小时候，她父母始终相信女大十八变，丑小鸭会变白天鹅！长大后的某天，爸爸很专注地看着她，然后语重心长地说：“孩子，你还是用功读书吧……”

>>>>

23.

肉的理想，白菜的命！

>>>>

24.

女：“只要有钱，我嫁给谁都行。”男：“银行的保险柜你嫁吗？”

25.

争吵的时候，男人和女人的区别就像是手枪和机关枪的区别。

26.

我妻子想减肥，所以她每天都去骑马。结果，马一个月之中瘦了40斤。

27.

病人：“医生，你把剪刀留在我肚子里了。”“没关系，我还有一把。”

28.

法官：“你为什么要印假钞？”被告无辜地说：“因为我不会印真钞。”

29.

妻：“男人，都是胆小的。”夫：“不见得，否则我何以会与你结婚。”

30.

上联：哈哈哈哈哈，下联：嘿嘿嘿嘿嘿。横批：神经有病

2009年最龌龊语录1句（爆笑+发人深思的笑）>>>>

1.

老鼠一发威，大家都是病猫。>>>>

2.

和一 MM 争论鲸鱼是不是鱼，最后我说“本人也带个人字”，她这才同意鲸鱼不是鱼。>>>>

3.

男人膝下有黄金，我把整个腿都切下来了，连块铜也没找着！>>>>

4.

春天我把玉米埋在土里，到了秋天我就会收获很多玉米。春天我把老婆埋在土里，到了秋天我就会……被枪毙！>>>>

5.

如果你看到面前的阴影，别怕，那是因为你的背后有阳光！>>>>

6.

听君一席话，省我十本书！>>>>

7.

0岁出场亮相，10岁天天向上。20岁远大理想，30岁发愤图强。40岁基本定向，50岁处处吃香。60岁打打麻将，70岁处处闲逛。80岁拉拉家常，90岁挂在墙上！>>>>

8.

脱了衣服我是禽兽，穿上衣服我是衣冠禽兽！>>>>

9.

“师太，你就从了老衲吧！”……很久很久以后……“师太，你就饶了老衲吧！”>>>>

10.

“亲爱的，我……我怀孕了……三个月了，不过你放心，不是你的，不用你负责……”>>>>

11.

我们产生一点小分歧：她希望我把粪土变黄金，我希望她视黄金如粪土。>>>>

12.

读十年语文，不如聊半年QQ。>>>>

13.

我能容忍身材是假的，脸是假的，胸是假的，臀是假的，但就是不容忍钱是假的！>>>>

14.

士为知己者装死，女为悦己者整容。>>>>

15.

长大了要嫁给唐僧，能玩就玩，不能玩就把他吃掉。>>>>

16. 一山不能容二虎，除非一公和一母。 >>>>

17. 千万别等到人人都说你丑时才发现自己真的丑。 >>>>

18. 如果朋友可以出卖，每个值 5 块的话，我也能发笔小财了。 >>>>

19. 征婚启事：要求如下，A 活的，B 女的。 >>>>

20. 给点阳光我就腐烂。 >>>>

21. 要适当吃一点，才有劲减肥啊。 >>>>

22. 摇啊摇，摇到奈何桥。 >>>>

23. 命运负责洗牌，但是玩牌的是我们自己！ >>>>

24. 问：你喜欢我哪一点？ 答：我喜欢你离我远一点！ >>>>

25. 你快回来，我一人忽悠不来！ >>>>

26. 跌倒了，爬起来再哭…… >>>>

27. 世界上难以自拔的，除了牙齿，还有爱情。>>>>

28. 一恐龙路过西安交大时上了趟厕所，出来后她呜咽道：“555，这辈子终于不愁嫁不出去了……”>>>>

29. 生，容易。活，容易。生活，不容易。>>>>

30. 吾表兄，年四十余。始从文，连考三年而不中。遂习武，练武场上发一矢，中鼓吏，逐之出。改学医，自撰一良方，服之，卒。>>>>

31. 问君能有几多愁，恰似一群太监上青楼……>>>>

32. 吾生也有涯，而吃也无涯……>>>>

33. 想污染一个地方有两种方法：垃圾，或是钞票！>>>>

34. 年轻的时候，我们常常冲着镜子作鬼脸；年老的时候，镜子和我们算是扯平了。>>>>

35. 出问题先从自己身上找原因，别一便秘就怪地球没引力。>>>>

36. 拍脑袋决策，拍胸脯保证，拍屁股走人。>>>>

37\. 我们走得太快，灵魂都跟不上了……>>>>

38\. 不要和地球人一般见识！>>>>

39\. 出来混，老婆迟早是要换的！>>>>

40\. 小时候，我以为自己长大后可以拯救整个世界，等长大后才发现整个世界都拯救不了我……>>>>

41\. 有钱的都是大爷！但是欠钱不还的更是！>>>>

42\. 我就算是一只癞蛤蟆，我也绝不娶母癞蛤蟆！>>>>

43\. 生前何必久睡，死后自会长眠……>>>>

44\. 不想当厨子的裁缝，不是好司机。>>>>

45\. 时间是最好的老师，但遗憾的是——最后他把所有的学生都弄死了。>>>>

46.

去西安出差的路上，一位大连老兄一阵狂吹大连多好多好，然后说大连建市 100 周年的时候，举行了很隆重的庆祝活动云云，然后问了旁边一人：“西安建市 100 周年有什么庆祝活动没有？”旁边几位西安的哥们儿一愣，过了一会儿，逼出一句话来：“我记得西安建市 6 年的时候，搞了一次‘烽火戏诸侯’吧……” >>>>

47.

钻石恒久远，一颗就破产！ >>>>

48.

是金子，总会花光的；是镜子，总会反光的…… >>>>

49.

我女友不当尼姑的原因是她四级没过，庵里不收。 >>>>

50.

明星脱一点就能更出名，我脱得光光的却被抓起来了！ >>>>

51.

看一漂亮 MM，苦无搭讪办法，见路旁一砖头，拣起，上前：“同学，这是你掉的吧？” >>>>

52.

小时候，我的梦想并不是要当什么科学家，我幻想自己是地主家的少爷，家有良田千顷，终日不学无术，没事儿领着一群狗奴才上街去调戏一下良家少女…… >>>>

53.

别和我谈理想，戒了！ >>>>

54.

玫瑰你的，巧克力你的，钻石你的。你，我的！ >>>>

55.

所谓惊喜就是你苦苦等候的兔子来了，后面还跟着狼！ >>>>

56.

什么是幸福？幸福就是猫吃鱼狗吃肉，奥特曼打小怪兽！ >>>>

57.

俩农夫吹牛："俺们农场的鸡，吃的都是茶叶，下的全是茶叶蛋。""有嘛啊，咱农场给鸡吃钱包，让它下荷包蛋。" >>>>

58.

蟑螂都不怕蟑螂药了，我们却连维生素都搞不定！ >>>>

59.

长个包子样就别怨狗跟着！ >>>>

60.

男人偷腥时的智商仅次于爱因斯坦！ >>>>

61.

为中华而努力读书！一包中华好多钱啊…… >>>>

62.

别以为穿着脏衣服就可以做污点证人；别以为穿着木制拖鞋就可以做木屐证人…… >>>>

63.

事业是国家的，荣誉是单位的，成绩是领导的，工资是老婆的，财产是孩子的，错误是自己的。 >>>>

64.

凤凰重生就是涅槃，野鸡重生就是尸变。>>>>

65.

如果有一天我变成流氓，请告诉别人，我纯真过……>>>>

66.

老子不但有车，还是自行的……>>>>

67.

女人拥有无数个 QQ 号只为了调戏一个男人，男人常用一个 QQ 号上面加满各种各样的女人……>>>>

68.

偶然看见书上所谓的当代女子择偶标准："有车有房，父母双亡。"我郁闷。遂写下幻想中的选妻标准："家中财产过亿，美貌天下第一，贤惠温柔性感，岳父癌症晚期……">>>>

69.

大部分人一辈子只做三件事：自欺、欺人、被人欺。>>>>

70.

睡眠是一门艺术——谁也无法阻挡我追求艺术的脚步！>>>>

71.

为了避免家庭暴力，于是我决定不结婚！>>>>

72.

你可以像猪一样的生活，但你永远都不能像猪那样快乐！>>>>

73.

迅雷不及掩耳盗铃，以不变应万变不离其宗，成事不足挂齿，此物最相思风雨中，一屋不扫何以扫天下无敌，东边日出西边雨一直下，举头望明月几时有，呆若木鸡毛当令箭，杀鸡焉用牛刀小试，锋芒毕露春光，围魏救赵宝奎，Very good bye，八格牙鲁冰花，一泻千里共婵娟…… >>>>

74.

又美丽、又纯洁、又温柔、又性感、又可爱的处女，就像鬼魂一样，男人们都在谈论它，但从来没有人亲眼见过…… >>>>

75.

记得小学老师骂我："我一巴掌把你踢出去！"当时我想笑却不敢笑。现在，是敢笑却不会笑了…… >>>>

76.

如果幸福是浮云，如果痛苦似星辰。那我的生活真是万里无云，漫天繁星…… >>>>

77.

避孕的效果：不成功，便成"人"。 >>>>

78.

孤单是一个人的狂欢，狂欢是一群人的孤单。 >>>>

79.

这世上最累的事情，莫过于眼睁睁地看着自己的心碎了，还得自己动手把它粘起来。 >>>>

80.

人生的悲惨在于：辛辛苦苦地做了一晚上内容香艳的美梦，第二天早上醒来居然全都记不起来了！ >>>>

81.

父亲问我人生有什么追求？我回答金钱和美女。父亲凶狠地打了我的脸。我又回答是事业与爱情，父亲赞赏地摸了我的头。

82.

男人都好色，色心稍强一点叫色狼，再强一点叫色鬼，更加强就叫色魔，尤其强那就成了变态色魔，好色到了极致，被称作人体美学艺术家。

83.

记得刚毕业不久的一天，女友给我发了一条短信："我们还是分手吧。"我还没来得及伤心呢，女友又发来一条："对不起，发错了。"这下可以彻底伤心了……

84.

在街上看美女，目光高一点就是欣赏，目光低一点就是流氓。

85.

这个世界不公平就在于：上帝说："我要光！"于是有了白天。美女说："我要钻戒！"于是她有了钻戒。富豪说："我要女人！"于是他有了女人。我说："我要洗澡！"居然停水了。

86.

真不明白，女孩买很多很多漂亮衣服穿，就是为了吸引男孩的目光，但男孩想看的，却是不穿衣服的女孩。

87.

偶尔幽生活一默你会觉得很爽，但生活幽你一默就惨了……

2009最强的经典一句话笑话

一、小样，治不了你，我还叫兽医！

二、此地严禁大小便，违者没收工具！

三、你长得赖得，下辈子没人敢生你！

四、有一变态经常用硫酸毁别人的容。一天，他尾随你企图行凶，你忽觉不对，扭头看时，变态惊道："靠，这个泼过了！"

五、唱卡拉OK时，有人点了一首"一群三八舞"，知道是哪首吗？——《忘情森巴舞》。

KTV省钱技巧

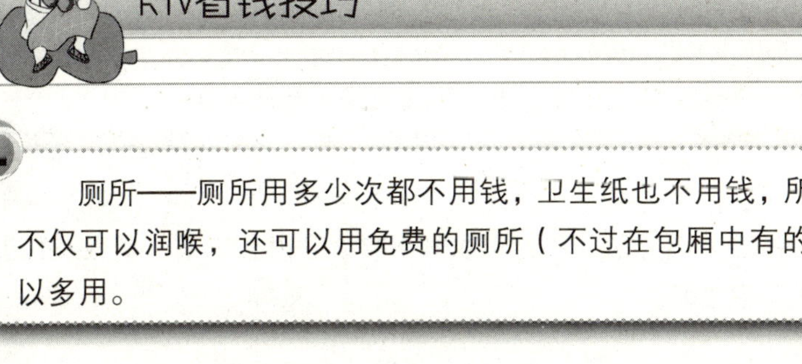

1. 厕所——厕所用多少次都不用钱，卫生纸也不用钱，所以多喝水，不仅可以润喉，还可以用免费的厕所（不过在包厢中有的才好），所以多用。

2. 服务生——记住，服务生也是不用钱的！所以没事儿就按服务铃。反正他不耐烦的话就投诉他，扣钱的是他，所以多按。

3. 杂志——杂志一间包厢有的放一本，有的放两本，可是一本要买的话，少说也要上百块，所以拿走。

4. 遥控器——遥控器中的电池，基本上连电池也不能放过，所以拿走。

5. 逃生用具——KTV 中可能有一种防烟雾的袋子，一包好像四五百元，价钱不低，所以拿走。

6. 麦克风——我不是说要拿走，而是换！就是人可以拿一比较烂的或是坏的，因为 KTV 中的麦克风都不错啊！还有钱柜中有麦克风套，一包三个很好用，所以拿走。

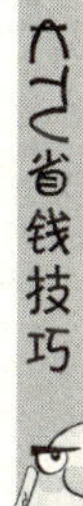

7. 市内电话——打市内电话是不用钱的，所以尽管打，最好连电话都拿走。>>>>

8. 点歌本——这个拿走比较夸张，不过还是可行的。>>>>

9. 抱枕——虽然有点脏，不过可以拿回家让旺财当床铺，拿走！不过记得要拿大包包去装。>>>>

10. 还有垃圾袋——里面一大堆，当然要拿走。>>>>

KTV省钱技巧的补充意见

1. 点一杯咖啡，其实把咖啡喝完后，那套咖啡杯也要带走，记得要双倍的奶油和砂糖。如果口感重的可以要3份，糖和奶油一定要带走。>>>>

2. 如果点的是可乐，要记得一个空罐大概也能值个几毛钱，所以喝完了也要把罐子带走。(优先拿铝罐。)>>>>

3. 去KTV一定要带个空可乐罐到洗手间，把洗手液打满后，带走。>>>>

4. KTV一定有消防设备，一般的消防橱窗的水龙带都是几十块钱1米的，所以要带走。>>>>

5. 至于有的 KTV 有蜡烛、灭蚊剂、芳香剂，统统带走。

6. 点水果的时候，一定要记得把牙签也带走。

7. 如果是电脑点歌的 KTV，一定要把鼠标也带走。

8. 一般来说 KTV 的沙发也是真皮的，所以走的时候，可以把沙发的背面，撕下一块，回去做个坐垫也不错啊，坚决带走。

9. 结账的时候一定要开发票，能报销的话最好啦，趁小姐不注意的话，整本的空发票最好也能带走。

10. 如果小姐合你胃口，不要手软，严重带走。

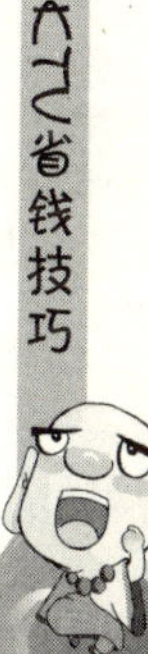

PS到底是什么意思啊

经常在网上看到 PS 这个东东，但是老搞不清它是什么意思。老师经常说，有不懂的就要问。于是我就去问语文老师，语文老师说这点屁事也来问我，罚你打扫一个月班级卫生。我一出办公室就领悟了，原来 PS 就是屁事的意思。

我回去告诉我同学小白，小白说 PS 不是这个意思，我说你懂个屁，语文老师就是这么说的。小白被我气得哭了，正好政治老师来上课，看到小白哭得哇哇叫，就说，小白同学怎么哭了呀？小白就告诉他了。

政治老师说，语文老师怎么这样教学生！ PS 明明就是菩萨的意思，告诉大家要有菩萨心肠。这时，音乐科代表举手说，不对不对，老师你没听过有个歌手叫朴树嘛，他唱的《生如夏花》可好听啦，我们音乐老师给我们听过这首歌就说，PS，是我偶像，显然 PS 就是朴树名字的缩写嘛。

体育科代表站起来说，放屁，PS 就是爬山的意思，我们体育老师经常偷偷对音乐老师说，晚上找个地方爬山吧，音乐老师一听就脸红。后来我们体育老师就对音乐老师说，晚上找个地方 PS 吧。

同学们听了，也对 PS 的意思产生了好奇，议论纷纷。有的说，昨晚我妈妈打麻将，我在她背后给她当炮手，PS 就是炮手的意思。有的说，我一到考试就盘算怎么作弊，PS 就是盘算的意思。有的说，我妈妈每次去发廊做头发，那个理发师都要问，要不要做蓬松一点的呀，所以 PS 就是蓬松的意思。有的说，我失恋了，心都碎了，PS 就是破碎的意思。后来大家索性课也不上了，议论纷纷，又有说是拍摄的意思，又有说是聘书的意思，弄得我也糊涂了。

后来小白就建议我发个帖子来问问广大的网友，小白说，人多力量大，小溪都能汇成大大海。于是，我代表全班同学来发个帖子问问大家，大家知道的一定要说啊。小白还一定要我在最后写上这一句—— PS：不解释的连小白都不如。

PS到底是什么意思啊

PS DAODISHISHENMEYISIA

爸妈语录——快把我笑抽了

1.

前几天，我买了条裙子，今天第一次穿上在爸妈面前“显摆”，并向他们炫耀说，自己超级喜欢上面的蕾丝边。当时我爸就来了一句“原来我用了几十年的蚊帐现在叫做蕾丝”，偶滴神啊！

2.

我：妈，我的运动鞋给洗了没有?

我妈：……洗了……部分。

我：哪部分?

我妈：鞋带……

我：……

3.

我妈有天看到电视上放到麦克·杰克逊的镜头。她凑上去看了半天，冲我说了一句：

这女的长得咋这么像个男的?

4.

妈看到很流行的QQ小车。

妈：秋秋

我：QQ

妈：扣扣

我：QQ

妈：球球

我：……

5.

打电话回家，我妈接的，问我是谁。我叫了一声“妈”，我妈答应了一声，然后接着问：

“你是哪位？”我抓狂：“除了我之外，你难道还有别的女儿？”>>>>

6.

我妈有一对同事夫妇，女的一米五，140斤。

男的一米九几，很瘦。

我妈给我形容：“他们俩站一起，就是一根铅笔和一块橡皮。”>>>>

7.

我姥姥有一次心血来潮，非要把一个碗柜塞进比它小一点的墙空里，我觉得她虽然没读过书，但平时还是挺精明一人啊，那次居然拿了把菜刀妄想把墙给砍了。她正那儿专心削墙呢，我姥爷闪进来，盯着她幽幽地说了一句：疯了吧你！

>>>>

8.

某次，老妈在家卤鸡蛋。

注：先把鸡蛋煮好，然后剥壳，再卤。

卤好后，我看到一特小的鸡蛋觉得好玩，就偷吃了。

后来，老妈遍寻此蛋不着，在厨房大喊：“有个鸡蛋裸奔了！”>>>>

9.

我失恋，郁闷消瘦无法排解。老爸看在眼里急在心中，但几十年没做亲子教育，一时半会儿也不知如何开导。我一天又是吃不下饭，问话也不答。老爸又急又疼，一拍桌子：“你也是party员，我也是party员，我们party员和party员之间有什么不可以谈的！”失恋中的我硬是被这句话笑喷了饭。

>>>>

10.

一天，我洗完澡在地板上奔跑，拖鞋上全是水，于是就滑倒了。咚的一声，四肢投地啊，只剩脖子还仰着。那叫一个疼啊。于是，我就大吼大叫。我妈走过来问："没摔到脸吧？""没。""那就好。"于是，她又回屋看电视了。

5555 此刻我还趴在地板上哪！

11.

妈妈正在减肥中，吃晚饭时，对我说："××，给我盛多点饭，我只能吃一碗……"

12.

还有一次，我妈去看我姥姥。我姥姥家在外地，还蛮远的。

我妈回来，我就问她，我姥姥最近身体怎么样了。

我妈说："身体还行，就是胳膊有点不得劲了，特别是拿东西的时候，老是抖啊抖的。"

我还没接茬儿，我爸说了："嗯，精神抖擞嘛！"

13.

和老公结婚登记，出了民政局大门，老公喜滋滋地给婆婆打电话。

老公：妈，恭喜你啊，你有儿媳妇了！

婆婆：哎呀，谢谢，谢谢！太客气了！同喜同喜啊！

我：-_-|||

14.

我和妈妈都炒股，但她比我炒得时间久，是老股民，我经常问她意见。

有一天，我要把手上一只股票抛掉，问她，她不让抛。

结果，第二天股票大跌。

我给妈妈发短信说：臭妈妈，都是你不让我抛……

我妈回：臭儿子，不要紧的！

晕！我是个女的啊……

15.

说个同学老妈的事儿。

同学在看《灌篮高手》的动画片，老妈经过，正好看见流川枫的亲卫队在跳大腿舞："流川枫，我爱你！"

同学老妈很疑惑地问了一句：这是什么组织？

同学：……

16.

前男友来我家帮我修电脑，被提前回来的妈妈看到。晚饭时，我妈就问他是谁。因为爸爸那时候不准我恋爱，我就顺口说是我最好朋友的BF，我"借"来修电脑。然后我妈就开始教育我："别和人家BF走太近，万一你们有火花，那你要人家小姑娘怎么办？那你们又怎么有脸在一起……"她滔滔不绝地讲述5分钟后，我爸放下饭碗郑重地抬头问我妈："请问你是琼瑶女士吗？"

17.

我外婆从来都不喜欢看电视，有一次电视里演的是军队题材的电视剧，画面中，解放军正在匍匐前进。我外婆坐得稍微远了点，视力不太好，她就大声叫我："快来看！这些癞蛤蟆跳得好快啊。"

18.

我上大一时，那时候还不是像现在一样人手一部手机，所以老爸只能打寝室的电话找我。

有天，老爸打电话过来，一室友接了。

室友："喂，你好，请问找哪位？"

我爸："你好你好，我找我的宝贝女儿。"

室友："#%……#%叔叔，这里全是宝贝女儿。"

19.

有一次，别人送了只小狗给我家。我们商量给小狗起个名字。开始我爸没搭腔，突然说了句：叫赛赛吧。我们都觉得不错。我妈还说，嗯，好！喜欢比赛，好胜。过了半天，我爸说：我们有个同事叫李赛。

20.

一天早上，我骑着一辆破自行车去上班。路上，我娘给我打电话，因为没戴耳机，所以我说快挂吧，我骑车呢。老人家宽容地说："那好吧，你小心驾驶。"

>>>>

21.

前些日子，我烫了一个爆炸头。回到家，妈震惊地问我："你摸了电门啊？"

>>>>

22.

一次，我妈妈说我就是家里的太后。

我得意地问："什么太后啊，西太后？"

我妈妈说："脸皮太厚！"

>>>>

23.

我爸爸原先不喜欢小动物，后来养了这么多年，也从习惯变为喜欢，但是他不肯承认，经常当着我和妈妈的面说："哪天你们不在家我就给它们全掐死。"实际上，他每天一回到我家楼下，就要吹哨，然后上楼第一句话就是："猫叫没？狗叫没？"猫狗听到我爸爸的哨声就像过电似的。

>>>>

24.

妈妈发短信问我，吃的什么午饭？我说去"煌上煌"买了只板鸭。

老妈很快回了我短信：你这个狗东西，太有才了！

>>>>

25.

不记得那天我妈妈是收到一个什么聚会的邀请，我爸爸就问我妈："可不可以带情侣呀（晕，为什么不问带家属呢，就是怕我们也跟去吧，不稀罕呢）？"我妈说："行李？就一个晚会我带什么行李啊？"

>>>>

26.

晚上，我和老妈两个人横躺在沙发上，我抬起腿捏了捏自己粗壮的小腿肚，对老妈说："妈，你说我这要是今晚睡一宿觉，明天早上发现我的小腿肚子上的肉都没了该多好。"

我老妈横了我一眼，说："这要是明早上一起来，你发现你小腿变细了，床边上多出一堆肉来，还不吓死你啊！"

>>>>

27.

还有一次看"加油好男儿"，我特激动地跟老妈说："妈，你快看看，都是帅哥。"结果，老妈特无聊地回我一句："有啥好看的，长得帅有啥用，又不是你对象！"

>>>>

28.

有一天，我老妈和我去逛街，路上遇见我一同学。我同学跟我妈打了个招呼，说，阿姨真年轻！我妈立刻得意地大笑，赶紧抓着我那同学的手说："走走走，咱一起去逛街。我也给你买件衣服！"

>>>>

29.

几年前，老妈刚学用手机，但短信却不太会发。某天，我跟老妈短信记录如下：

妈：你杂么？（翻译："你在干什么？"）

我：啊，老妈你会发短信了啊？哈哈！

妈：哈欠（估计是打哈多按了下）！

半个小时后，

妈：风轻轻地吹，带去我对你的思念。

我：老妈你干吗？

妈：练练发信。

我：……

之后数小时，收到我妈各种类型骚扰短信无数。

再后来，老妈打电话来："女儿啊，倾诉的倾字怎么拼啊？"我说："QING 啊，老妈你干吗？"回答："没事了 88。"

5 分钟后，收到老妈短信"大海呼啸倾诉我对你的深情……"

彻底吐血晕倒！

>>>>

30.

我跟我妈坐沙发上看《蜡笔小新》。

我突发奇想问我老妈：小新好可爱啊！以后我要是生儿子生个跟小新一样的你会怎么办？”

我妈慢悠悠地转过头极其KB地盯着我一字一顿地说：“掐死，重生！”

我差点被花生米噎死。>>>>

31.

某年世界杯，我和老爸、弟弟，正全神贯注地关注着赛事。老妈上前小声絮叨：“这地上铺的是地毯吧？”剩下六双眼睛立即呆滞！>>>>

32.

中学时，有一次我往家打电话。

“妈！”

“谁呀？”（除了我谁还叫你妈？！）

“我，××。”（我的名字）

“哦，××上学去了，晚上你再打来吧。”

说完，挂掉电话。

我汗……>>>>

33.

最近发胖，我有事没事就唠叨减肥啊减肥。

我妈都会用一句经典的话堵我：瘦死的骆驼比马大，你就不要想了……

有次我给家里打电话：我爸接的，我就问，我妈呢？我爸说我就是你妈。

汗……你怎么是我妈呢？

我爸解释说，每次我打电话总跟我妈说话，他想冒充我妈多跟我说句话。>>>>

34.

话说昨天去看爷爷，我穿了条深蓝色的挂脖连衣裙。

我爷爷盯了我半天说，今天怎么这么像炊事员啊?

我汗……

35.

大学暑假，我买了条裙子，到我妈面前显摆，希望她能夸我几句。我妈让我转一圈给她看，上下左右都看完了，我问她："咋样？"我妈说："还行，该包住的都包住了。"

36.

我回家按门铃，我妈问："谁呀？"

我答："张惠妹。"

一日，我妈外出回家按门铃。

我问："谁呀？"

我妈答："张惠妹她妈。"

37.

说说我的小姨，一年她去香港旅游。妹妹托她带 s.h.e 的唱片和 hello kitty 的小东西，结果老人家带回来 twins 的唱片和哆啦 A 梦的雨伞。

38.

我有个同学的爸妈更搞笑。郭富城做的那个海飞丝广告，晚上看电视的时候他们看到了，她爸来一句："朱时茂好年轻哦！"她妈侧过头来一看说："吔，硬是朱时茂跌（重庆方言，意思是：真的是朱时茂呀）。"

39.

还有一次，人家送了我一条獭兔毛围巾，被我压箱底了。老妈有天突然想起来，问我："人家送你的塔利班的兔子，你怎么不用？"–_–|||！暴汗啊。

40.

老妈说楼上的邻居买了辆车，我问："买的是自动的还是手动的？"

老妈思考了片刻："可能是手动的吧，前面有个方向盘。"

我这边已经处于抽搐状态 ING。

\>>>>

41.

老爸和老妈平时的娱乐之一就是打游戏，常玩的就是最原始那种打坦克，两人在家玩得大呼小叫的。

有一次，我听见老妈攻克对方一个堡垒，叫的居然是："他奶奶的！"我的淑女妈妈啊，我下巴都掉下来了。

据妹妹说，老爸有一次叫的是："××× 万岁！"然后一发炮弹攻克敌方堡垒。

\>>>>

42.

在很久以前——

我："妈！"（没人理）

我："妈咪！"（还没人理）

我："猫咪。"（依旧没人理）

我："大猫何在？！"（怒了）

妈："小猫我来了——"

\>>>>

43.

我家餐厅窗外原来种了很多三角梅和蔷薇，开花的时候，爬满花的窗是我们家最美的风景。有一年我回家一看，一枝花都没了，窗外护栏上种了一排近半米高的粗壮芦荟。坐在餐桌边看出去，像监狱似的。我惊得半天说不出话。老妈可能觉得内疚，一指老爸："是他！"老爸一挺腰杆："这是经济作物。"我咬牙切齿："它能干什么？"老爸想了想，不确定地说："去老人斑？"我就知道，这肯定是他们老年协会最新的玩具。我那原来爬满花的窗外，一直到现在都是一排尖锐如刀剑又粗又壮又高的"美国"芦荟。后来，老爸又为他的"经济作物"找到一个理由——防盗。

\>>>>

44.

中学的时候，因为好玩，我花两块钱买了一个戒指，后来回家后不知掉哪儿去了。第二天放学回家，我爷爷对我说："今天爷爷给你买了个铂金戒指。"我一看就是我昨天丢的那个。

\>>>>

45.

话说初中时的某天，我正在蹲厕所。

一同学打电话过来：叔叔，请问 ××× 在家吗?

我爸回答："在，××× 正在拉粑粑，等她拉完了再打给你啊。"

——那可是个男同学啊！

\>>>>

46.

在我和老公的结婚典礼上，我改口叫我公公"爸"时，我公公点点头非常认真地说："你好。"

\>>>>

47.

初中时听《双截棍》……我妈从厨房里出来说："我剁萝卜都比他好听！"说完自己进厨房剁萝卜了……

\>>>>

48.

一个人飘泊在外，平时晚饭自己也不想做，我就吃馒头应付一下肚子。

有一次，我打电话回家，老妈问："晚饭吃什么？"

我委屈地回答："吃馒头！"

谁知道，老妈说："你偶尔也吃一下包子。"

本来想让老妈同情一下的，我还以为她会说："吃这个怎么行，去下馆子啊！"

\>>>>

49.

我妈发手机短消息速度慢。

过年时，她要发短消息给亲朋好友拜年。

妈妈让我帮她打字，这样速度快点。

我按她口述的内容打好以后，妈妈说："好，发射。"

\>>>>

50.

我老爸抽烟，我跟老妈都讨厌烟味。我跟老爸说：要不，您把抽油烟机打开，在那儿底下抽吧。老爸说：那是它抽，还是我抽呀?

>>>>

51.

有一次，我妈看见我驼着背坐在电脑前，说："你要是有芙蓉姐姐一半的挺就好了……你的背快驼成芙蓉姐姐的胸了！"

倒塌——

>>>>

52.

以前有个李嘉欣做的广告：美好生活用丽涛！（MS 一洗发水广告）

我妈妈在一旁收拾东西，没有看电视，很疑问地对我说：美好生活用力掏? 用力掏什么嘛?

>>>>

53.

我家旁边的超市门口有卖拼图的，10 块钱一盒，有卡通的，也有明星的。平常都是老妈自己买菜，赶上周末，我就陪她去。

进超市前，我就发现老妈一直盯着门口卖拼图的看，我没在意。出来的时候，老妈还盯着那个摊看，终于鼓起勇气小声地问我："××，你说那个男的怎么那么恶心呢? 什么名字不好叫，非要起个那么龌龊的名字? "

我好奇："人家起什么龌龊的名字了? "

老妈义愤填膺："一个大男人，叫什么阴……道！"

我也惊了一下，仔细一看，狂笑不止。

"妈，那个大男人，人家叫明道！"

>>>>

54.

老爸对小朋友说："来，外公给你讲个故事，叫'味精'填海。"

老妈在一边翻白眼："那太费钱了吧。"

>>>>

55.

一次晚上睡觉，我顺手把我屋门锁上了，我妈早上推门推不开，结果没法烧水（电热水壶在我屋），她又不敢敲门，怕把我吵醒了我发飙。

结果，我醒了以后，刚开门就轮到她发飙，她说：

“你锁门干什么？怕我 QB 你吗？”……

>>>>

56.

某年，我和老爸老妈商量 8 月 11 号要去拜访某位亲戚。他俩正对着游戏机捉对厮杀，一面心不在焉地说话。

老妈：哦，我看一下 8 月 11 号是几号。

老爸：星期八吧。杀！

老妈：找打啊，这个 BoB，应该是我吃的。小 × 啊（指的是我），你先去买几个 BoB 当礼物吧。喂，喂，老头，到我吃了到我吃了！

我：……

>>>>

57.

我一直想要 PSP。

妈：那是什么东西？

我：就是游戏机，地铁里一人一个。

妈：多大了还玩游戏机，不给买！

我：……

过了一天，我突然发烧，39 度多不退，吃药也不好。

妈，叹气：再烧就把脑子烧坏了，要不买游戏机开发智力吧。

……

>>>>

58.

同样的事例，换我爸。

我：爸爸，现在走到哪里都能看到人手里拿着 PSP。

爸：那个挺大的，比手机容易抢吧？

我：是啊是啊，我准备等抢的人多了去买个赃物。

爸：去吧。

>>>>

59.

说个我老爸的故事。某天我三姨来我家玩，然后就做了面膜，是全部白色的那种。大家知道，做面膜眼睛是露在外面的，那次我三姨从楼下走到楼上来。可能外面的灯光不是很亮，我老爸遇见我三姨了就问道：你眼圈怎么这么黑啊？

>>>>

60.

老爸老妈是真格儿的“青梅竹马”，邻居，从出生后就相识了。他们从不吵架，只是逗嘴。一逗嘴，青梅竹马的坏处就暴露出来了。有一回，不记得他们因为什么原因又争起来了，反正最后是老妈勃然大怒：“××（老爸的小名），你敢说你没把羊粪当成蚕豆吃过？”老爸面红耳赤：“当时是谁骗我羊粪是蚕豆的？”老妈：“我怎么知道你会信！”

>>>>

61.

我的姑妈是个非常热心且性格急躁的人，有一年吃年夜饭，大鱼大肉后我爸爸寻找牙签，我姑妈马上跳起来风风火火地帮我爸爸找牙签，结果没找到。我爸正痛苦地叹气时，我姑妈突然找到一小截比手腕细点的木棒，对我爸爸说，别急，我马上给你削根牙签出来，快得很……说完还真的动手开始削……在全家的生拉硬拽下才停手……

>>>>

62.

再说个我朋友爸妈的事儿。

她妈有次洗澡，老半天还不见出来，也没听见水声。于是，她爸在门口叫道：老婆，你在干洗啊？

>>>>

63.

我跟我老妈抱怨说：你怎么把我生得那么胖？

我老妈飞过一句：“我生你的时候，你才4斤多，关我什么事……”

>>>>

64.

我和叔叔正讨论去九寨沟玩，讨论得正起劲，俺奶奶哈哈大笑：韭菜沟？韭菜沟有什么好看的？看韭菜去啊？

>>>>

65.

因为我从小在军区大院长大，我和妹妹说得一口很好的普通话，不带地方口音。

而老爸老妈就不同了，口音很重。我和妹妹虽然不敢明着嘲笑，但常常是暗中笑得肚子痛。有一次，老爸接电话："哦，你们什么时候开'PC'大会？×××是一定到会的。嗯，嗯……"妹妹不敢置信地悄声问我："是什么大会？"

我答："应该是'表彰大会'。"

66.

我家是北方的，夏天很凉快，不用开空调。

我现在在南方工作。那天和老妈讲自己刚买了台空调，老妈听了问："空调被？盖上很凉快吧？"

67.

有一次给我爸打电话，由于信号不好，那天电话声音特别不清楚。

我爸喂了几声后，我听着不像我爸的声音，于是问：你是谁呀？

我爸说：你都在叫爸了，还问我是谁！！

68.

来讲个我爸的事儿：我老妈给我爸用201电话卡打电话快要没钱了，结果在通话的过程中语音提示道："您的余额不足，还可以通话一分钟……"

结果，我老爸慌忙对着电话说："哦，好、好，我们马上就说完了。"

69.

记得有一次，我给妈妈打电话。通了之后，我叫了声：妈！

我妈警觉地问：谁？

我愣了一下，乖乖地回答：你女儿。

妈：不是的吧？你是谁？

汗死，谁还冒充女儿喊妈玩啊？

70.

有天我头脑发热买了条连衣裙，所有朋友一致唾弃我的审美，可我还是觉得也没那么难看。一天正好有约，试穿，问老妈意见。我妈说："行，挺好（这时我心中暗喜，觉得我还是有眼光的，最起码得到老妈的赞同，哪知道我妈接着说）反正穿出去，派出所也不抓！"

>>>>

71.

我妈坐在沙发上正看电视，忽然说：转眼养你 20 年了！要是当时不要你，一年养一头猪，我到现在也该是万元户了吧？

>>>>

72.

有一次，我打电话回家找妹妹，老妈正在玩游戏机，电话就在身边，她一边玩一边随手就接了起来。

我："妈，是我。小 ×（我妹妹）在吗？"

老妈："哦，在。小 ×，你的电话。快来接。"

妹妹在餐厅，就喊："谁的电话？"

老妈："电信局的，哦，不是，你爸，哦，不对。哎呀，快接，反正是个女的。"

然后，我听见老妈咣当放了电话，又在玩游戏了。

>>>>

73.

我妹和妹夫特懒，家里很少收拾，出奇的乱，买回来的东西随便往地上一扔。我妈从她们家回来说，他们以后的孩子不怕摔跟头，摔到哪里都有东西垫着。

>>>>

74.

我昨天晚上跟我妈说，明天早上买菜的时候给我带点西红柿。

因为怕她忘，我特意强调了两遍。她说：知道知道，烦不烦？你看你，一跟我说话我打牌就输，你瞅瞅积分都负好几千了！

结果，今天早上，她买了一个西瓜放在冰箱里……

>>>>

75.

每次看到谢霆锋出现在电视上，我奶奶就特少女般地手捧脸说：“AIYOU 小王子小王子，大宝快来看啊！”我瀑布汗。

76.

偶爹网名老青蛙。

他很喜欢这个 ID。

偶在博客里都这么称呼他。

摘几个偶博客里记的笑话：

昨天终于看了韩国影星 ×××18 岁时非常经典的一场戏《天文台初吻》。

我赶紧叫老青蛙：快看——这就是我最喜欢的韩国演员！

老青蛙：哦。

我（花痴状）：终于看到他们初吻了。

老青蛙（害羞状）：不看不看……

顺便还双手捂着眼睛。

昨天与老青蛙谈到环保话题，他说某国现在有一项技术，人死之后用液氮速冻至零下 200 多度，再拿出来，轻轻一碰就成灰了……该灰是高营养成分的化肥，可以用它种植花草，顺便也环保了。

由此想到前些时另一国的环保技术，人死后火化，将骨灰高温高压，也就是人工钻石那一套程序，因为它们的实质是一样的，火化后主要成分是碳，其他微量成分能表现为不同的颜色。最后成为钻石，或者彩钻。可以镶嵌在首饰中，以做纪念。

我：以后大家都挂着骨灰钻石，见面就说：哎，你的钻石好大啊！嗯，这是我爹。啊！你看她的更大，你爹是大块头吗？不是，这是我全家……

老青蛙：做成钻石项链，挂在胸前，就真的“永垂不朽”了！

某天去学校考试，和老青蛙一起在公交上，感叹路况不好。

突发奇想——

等咱有了钱就买飞机，到天河机场，大手一挥：这个、那个、那个……这三个不要，其他的一样来两个！

等咱有了钱就买飞机——上班开一架，上学开一架，上厕所开一架。

老青蛙大汗：机场有厕所！

我不，我就要把 BB 拉到米国！

老青蛙狂汗：那不是便宜他们了。

换了个新 MP3，老青蛙问旧的那个怎么办，我说谁喜欢就给谁。

于是，他喜滋滋地拿了去，把自己当做数码一族，每天早上必定挂好 MP3，再出门上班。

某日晨，老青蛙塞好耳机略带羞涩地跟我和老妈道别，老妈笑他装时尚：哪有你这样的老头子还戴耳机的？

老青蛙急了：怎么没有？我每天搭车都看到有个蛮老的老头子就戴着……

偶说——人家那是助听器。

>>>>

暴汗，看了之后才知道俺小学白念了

1.

造句：一边……一边……

小朋友写到：他一边脱衣服，一边穿裤子。（老师评语：他到底要脱还是要穿啊？）

2.

造句：课本

小朋友写：上课本来就是很无聊。（老师评语：上课要专心。）

3.

造句：天真

小朋友写：今天真热。（老师评语：你真天真。）

4.

造句：其中

小朋友写：我的其中一只左脚受伤了。（老师评语：你是蜈蚣？）

5.

造句：你看

小朋友写：你看什么看！没看过啊！（老师评语：不要太拽哦！）

6.

照样造句　例题：你（唱歌）我（跳舞）

小朋友写：你（好吗）我（很好）（老师评语：你在写英文翻译吗？）

7\.

照样造句 例题：别人都夸我（ ），其实我（ ）

小朋友写：别人都夸我（很帅），其实我（是戴面具的）。（老师评语：什么面具这么好用？）

>>>>

8\.

造句：陆陆续续

小朋友写：下班了，爸爸陆陆续续地回来。（老师评语：你到底有几个爸爸呀？）

>>>>

9\.

造句：先……再…… 例题：先吃饭，再洗澡。

小朋友写：先生，再见！（老师……）

>>>>

10\.

造句：皮开肉绽

小朋友写：停电的晚上，到处很黑，我吓得皮开肉绽！（老师评语：看到这句，老师佩服你。）

>>>>

11\.

造句：欣欣向荣

小朋友写：我的弟弟长得欣欣向荣。（老师评语：孩子，你弟弟是植物人吗？）

还有一个更绝的。小朋友写：欣欣向荣荣告白。（老师评语：连续剧不要看太多。）

>>>>

12\.

造句：果然

小朋友写：昨天我吃了水果，然后喝了凉水。（老师评语：这是词组，不能分开造句。）小朋友又说：老师我还没说完呢，果然晚上我拉肚子了！

>>>>

13.

造句：好吃

小朋友写：好吃个屁。（老师评语：……）

14.

造句：况且

小朋友写：一辆火车经过，况且况且况且况且……（老师……）

爆笑，淘宝对白！！！

物品名称：痔疮栓

［差评］：货到的时候，我的痔疮已经好掉了！

卖家解释：多好的疗效啊，听说你买我的药，痔疮都吓没了。

===

物品名称：【皇冠】周杰伦《叶惠美》韩国版

［差评］：搞了好久才明白是韩文的。如果一开始说得清楚些更好。第一次买也有点搞不清楚。

卖家解释：朋友，你拍下就是韩国版，当然是韩文的。这样一个差评，未免太过分了。

===

物品名称：避孕套

［差评］：还好啦，但是说了保密邮寄，为什么邮单上还写避孕套啊？让我好尴尬，下次注意啊！

卖家解释：我写的是日用品的，可是邮局的人说一定要写具体，然后她给我加上避孕套三个字。你可以看出来字迹都不同的。我觉得我们这里的邮政人员简直是没有人性。

===

物品名称：时尚提包

[差评]：卖家服务不好，虽然我知道你很忙，但每次也不必和我说话如此简单吧，不是嗯，就是好，一个字一个字地说，太不尊重人了，所以给个差评。

卖家解释：呸！

==

物品名称：易购厨房刀具 5 件套

[差评]：什么东西呀，用起来一点不爽，差评！

卖家解释：你花痴呀，要爽，大街上拉男人去，鄙视你！！

==

某商品

好评：态度不好，东西还行。

卖家解释：我什么时候对你态度不好了？莫名其妙是不是要我说我你觉得态度才好啊！？

==

物品名称：512M 金士顿内存条

[差评]：东西能用，只是你除了“哦”之外，能否回答点别的？

卖家解释：嗯。

==

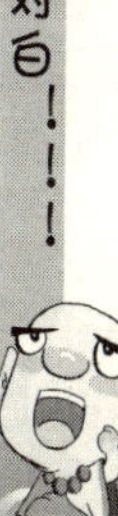

物品名称：130万像素视频头

[差评]：发货就发货，还留言“沙有哪啦”，老子要抗日！

卖家解释：救命哪。

==

物品名称：秋水伊人夏裙（最新到货）

[差评]：穿上后大家都说像大妈，根本没有商品图片上那个女的好看。

卖家解释：你不像大妈，你是天使，只是降临到地上的时候头先着地了，要不然穿什么都好看。

==

某商品

[中评]：货到及时，但就是态度不够好。

卖家解释：晕，你付的是平邮的钱，我还给你快递了，你还想要什么样的态度？是不是还需要给你大老远地端茶送水，你才满意？

==

物品名称：日销文胸（最新到货）

卖家：你多大？

买家：80N

卖家：啊……这么厉害，好像没有N号的文胸的。

买家：晕！我是说我是80年的。

==

卖家：皇太极之死史书上说是暴死，但野史一般认为是暗杀。

买家：哦，又跑哪里去了？

卖家：等你发表意见呢。

买家：没有意见！又不是我干的！

==

买家：性能力怎么样？

卖家：……有关系吗？

买家：对不起，多了一个力字。性能怎么样？

卖家：偶……汗……

==

卖家：为了表示我的诚意，我包邮给你。

买家：你包邮给我？

卖家：是呀。

买家：包邮你，给我？

==

买家：掌柜好，你家有胖子吗？

卖家：……我家 LG170 斤，算是胖子吧……汗。

买家：哦，我打错了，是盘子。

卖家：……昏倒，盘子有卖，我家胖子不卖！

==

买家　你这个碗除了高度和口径，其他的尺寸有没有？厚度？碗底宽度？碗底沿高度？碗壁倾斜角度？

卖家：……不好意思，没那么精确啊。

买家：顾客是上帝，你连尺寸都不清楚做什么生意？

卖家：……上帝啊，求你告诉我，我的碗角度是多少吧？

==

买家：你好呀，姐姐。我想买芦荟鲜汁喔，跟我介绍一下好吗？谢谢姐姐了。

卖家：好的，妹妹乖！请问你的肤质？今年多大了？

买家：我40多，快50了……皮肤好干喔……姐姐有好的推荐吗？

卖家：……不好意思，失敬了……我是妹妹，我23岁。

爆笑，淘宝对白！！！

本次金融危机原来一切都是丘处机的错！ >>>>

假如当时丘处机没有路过牛家村，那么，秘密跟踪他的那些金兵就不会死在郭、杨二人的院子里，同样，完颜洪烈也不会见到包惜弱而对她念念不忘。那些金兵不会死在丘处机手里，而郭、杨两家以后也不会受到牵连。

郭、杨两家不受波及，李萍也不会流亡大漠。郭靖和杨康将会平平安安地出生在牛家村。江南七怪自然也不会前往大漠。

而要是没有郭靖和七怪相助，铁木真就会死在扎木合他们手里，蒙古各部也就不能统一。

蒙古不能统一，也就不会有什么西征。火药就不会传入欧洲。

没有火药，铁甲武士在欧洲的统治就不会动摇。因此，黑暗的中世纪将延长 1 000 年，也就没有文艺复兴。

没有了文艺复兴，自然也没有大航海。北美洲将始终是游牧的印第安人的家园。

同样，西班牙人不会将铁炮传入日本。长筱会战是武田方面获胜，日本战国时代将一直持续不能统一。

在另一国度，完颜洪烈没有包惜弱，只能全力参加权力斗争。金国因此会内乱。

没有蒙古，金国又内乱，因此，宋不但不会灭亡，反而会统一。宋朝注重商贸，因此，资本主义萌芽将在中国出现。

如果发展到今天，中国将是最发达的国家，远远领先于日本、西班牙、西欧、美洲……

所以，今天的金融危机也就不会出现。所有的一切，都怪丘处机，你说你一道士，没事干吗路过什么牛家村嘛?

比《越狱》更经典的监狱笑话

爽约与守约

两名罪犯在监狱里吃饭时有以下一段对话：

甲：喂，你犯了什么事?

乙：单方面爽约而已。你呢?

甲：守约而已。说明白点，你到底干了什么?

乙：结婚诈骗。你呢?

甲：职业杀手！

监狱里好

一名越狱犯逃跑不到一天就回监狱自首了。新闻记者问他为什么这样做，越狱犯说："我好不容易回到家里，我老婆就对我说开了，'死鬼！你从监狱出来后已经5个小时，这段时间你到哪里去了？'"

刚出去

"13号犯人，快出来，你的律师来见你了！"狱警喊。

在赢牌的13号犯人说："告诉他不能见，就说我刚出去了。"

头颅破裂

两个犯人在牢房里聊天。

甲问乙：你结婚了吗?

乙：结过两次婚，但两个老婆都死了。

甲：怎么死的?

乙：第一个老婆吃了毒蘑菇。

甲：那第二个呢?

乙：死于头颅破裂。

甲：太可怕了，到底是怎么回事?

乙：她不肯吃毒蘑菇。

怕痒

一名罪犯被判绞刑。他哀求刽子手把绞索系在手臂上，千万不要系在脖子上，他说："我的脖子怕痒，要是把绞索套在脖子上，我自己会当场笑死的。"

告发

一个罪犯的妻子要求狱警能给她的丈夫安排一份稍微轻松的工作，她解释道："他抱怨说他近来一直觉得很劳累。"

"但是，他白天什么活也没干呀。"狱警说。

"这我知道，但他对我说他连续几个晚上都在挖一个墙洞。"

没办法

狱警对刚刚入狱的惯犯说："我们又见面了。"

惯犯："有什么办法呢? 我在任何地方都找不到如此便宜的住所。"

8.

谁最聪明

三个死囚时常争辩他们三人之中谁最聪明。行刑的时间到了，第一个被叫了出去，可是他坐在电椅后，却什么动静也没有发生，于是监狱长把他开释了。第二个死囚的遭遇也一样，也开释了。轮到第三个死囚走上电椅，他坐下来之后，监狱长拉了一下开关，依然没有电流，监狱长还没来得及开口，那死囚已经兴奋得指指点点："唉，你怎么连这个都不懂，你只要把那条黑色的电线和黄色的电线接上就……"

9.

好梦

一天早上，两个犯人起床了。

甲对乙说：昨晚我做了一个好梦。

乙问：怎么个好法?

甲：我梦见了我忘了交房租，监狱长生气地把我赶了出去。

10.

全家坐牢

监狱长对一囚犯说："听说你来这里有 6 年了，怎么家里人都不来探望呢？"

囚犯响亮答道："这不能怪他们，他们谁也不能离开牢房一步，自然无法来看我了。

超有才老板的喷饭语录

1.

老板面对总是有很多小白问题的员工：

知之为知之，不知百度之[-_-]

老板看到有人埋头工作不喜欢交流，拍着他的肩膀淫笑着：

××，你就是闷骚界的一朵奇葩。

2.

老板：今天发工资！

大家：O~YEAH！

老板：后天中午为了庆祝我小子考上××大学在××大酒店摆两桌大家务必都到啊。

大家：O~NO……

3.

每次想多要点工资。

老板：慢慢来嘛，年轻人不要浮躁嘛。

4.

老板回答我为什么不招新员工的时候就说：

“能节约还是要节约，不富裕。”

5.

我：头，我想加薪。

头：你加不加薪是我该考虑的事情。

我：我呢?

头：考虑工作的事情。

>>>>

6.

大家想出去玩，向头儿申请。

头儿：某某某（负责部门账务的同事），看看账上有多少罚款了?

某某某：××× 元。

头儿：哦，大家稍安毋躁，等会儿我再罚几百就可以了。

>>>>

7.

每次出差老板第一个电话第一句话：那边妞怎么样？

>>>>

8.

女人当男人用，男人当牲口用，牲口当领导用。

>>>>

9.

BOSS：这个 ×× 事怎么没有做?

我：啊！我忘了。

BOSS：你怎么不忘了吃饭?

我：肚子会饿。

>>>>

10.

一次我们项目部会餐，我们头多喝了几杯：大家好好干，多加加班，等把节点工期赶出来，项目部出钱大家去黄山旅游。

大家：好好，那我们再敬领导杯酒。

……

一个星期后，节点工期完了，早会上。

我：头儿，咱们几号去旅游啊?

头儿：去哪儿？我怎么不知道。

大家：上次会餐你说的，把节点工期赶出来就集体去黄山旅游。

头儿：哦，哦，哦对了，我是说了，但我是说下个节点工期。

大家：（沉默）……

11.

老板：跟你讲话，就像鸭同鸡讲！

12.

老板的一句口头禅：找到客户就什么都好商量！！！

13.

我老板的话：熬到三十岁你们也就成了一年轻有为事业有成的性无能了……

瀑布汗！！！

14.

一个同事刚辞职一个来月，回来向老板要剩下的工资。

老板：现在的公司还好吧?

同事：跟这里差不多。

老板：现在知道了吧，天下乌鸦是一般黑的！

众同事晕。

15.

我们老板经常看到谁的文案废话连篇的时候，就这么说：
“最烦你们这些写流水账的，一点技术含量都没有！”

>>>>

词霸暴强的古语今译

曾子曰：吾日三省吾身。

主持人曾子墨说：我的身体一天走了三个省。

子曰：父母在，不远游。游必有方。

孔子说：我父母在的时候，我不敢游泳游得太远。如果游泳，必须要有方向盘。

子曰：以约失之者，鲜矣。

孔子说：因为约会导致失身，听着都新鲜。

子曰：德不孤，必有邻。

孔子说：德国在二战后并没有被孤立，必然还有邻国。

子曰：朽木不可雕也。

孔子说：腐朽的木头上不能放比较珍贵的雕塑（容易摔坏）。

子曰：吾未见刚者。

孔子说：我从来没有见过像王刚这样的人。

子贡曰：有美玉于斯。

子贡说：有块美玉在俄罗斯。

子在川上，曰："逝者如斯夫！不舍昼夜。"

孔子去四川吃火锅的时候说："死去的人就像斯大林和赫鲁晓夫，不就是一夜之间的事情。"

子曰：吾未见好德如好色者也。

孔子说：我还从来没见过喜欢德国像喜欢以色列那样的人。

子曰：后生可畏，焉知来者之不如今也？四十、五十而无闻焉，斯亦不足畏也已。

孔子说：80后的人挺可怕的，但你也不敢说他们就不如现在的人可怕，四五十岁还没觉得他们可怕，那看来就没什么可怕的了。

子曰：岁寒，然后知松柏之后雕也。

孔子说：冬天到的时候，你就知道林海雪原里面的座山雕藏在哪儿了。

子曰：近者说，远者来。

孔子说：你跟旁边的人说悄悄话，远处的人肯定会凑过来听。

子曰：邦有道，危言危行。

孔子说：立邦漆刷完后，上面还有道道的话，你说话和走路都很危险（估计是栋危楼）。

曾子曰：君子思不出其位。

曾子墨说：好人总是想自己怎么不搏出位。

子曰：不患人之不己知，患其不能也。

孔子说：不生病的人不知道，生了病才知道自己性无能。

子曰：由！知德者鲜矣。

孔子说：呦，你还知道以德治国，真新鲜！

子曰：人无远虑，必有近忧。

孔子说：人如果不为自己的远视眼考虑，必然会为自己的近视眼担忧。

子曰：性相近也，习相远也。

孔子说：××的姿势大都近似，××的习惯大都相差很远。

子曰：唯上知与下愚不移。

孔子说：只有让上面的人知道：让下面的人愚弄这件事自古以来一直没有改变。

大家来看看时髦话 >>>>

看不懂不叫看不懂，叫——晕。

见面不叫见面，叫——聚会。

大哥不叫大哥，叫——兄台。

看法不叫看法，叫——愚见。

有钱佬不叫有钱佬，叫——VIP。

提意见不叫提意见，叫——拍砖。

支持不叫支持，叫——顶。

强烈支持不叫强烈支持，叫——狂顶。

不忠不叫不忠，叫——外遇。

追女孩不叫追女孩，叫——泡 MM。

吃不叫吃，叫——撮。

姐姐不叫姐姐，叫——JJ。

哥哥不叫哥哥，叫——GG。

发帖不叫发帖，叫——灌水。

网名不叫网名，叫——ID。

歌迷不叫歌迷，叫——FANS。

羡慕不叫羡慕，叫——流口水。

乐一乐不叫乐一乐，叫——Happy！

跳舞不叫跳舞，叫——蹦的！

东西不叫东西，叫——东东！

成人笑话不叫成人笑话，叫——黄段子！

别人请吃饭不叫请吃饭，叫——饭局！

兴奋不叫兴奋，叫——High！

特兴奋不叫特兴奋，叫——至 High！

有本事不叫有本事，叫——有料！

倒霉不叫倒霉，叫——衰！

洗澡不叫洗澡，叫——冲凉！

单身女人不叫单身女人，叫——小资！

单身男人不叫单身男人，叫——光棍！

工薪阶层叫——上班一族！

总经理叫——CEO！

技术总监叫——CTO！

财务总监叫——CFO！

不明飞行物叫——UFO！

工商管理硕士叫——MBA！

美国职业篮球叫——NBA！

中国职业篮球叫——CBA！

古典音乐叫——Classic！

流行音乐叫——POP！

排第 1 名叫——NUMBER ONE！

排前 10 名叫——TOP TEN！

肺炎不叫肺炎，叫——非典！

大学MM体检时的爆笑趣事——笑死算完！！！

1.

做胸透。我一同事刚一上X光机，医生就大呼小叫地召唤其他几位医生："快来，快来，我干了二十年了，今天总算碰上一个——看，心脏是不是长右边了！"

众大夫："还真是哎！"

这时，我同事从X光机后扭过头来弱弱地问："不能吧，咋没人跟我说过涅？"

"靠，谁让你背对着我的，给我转过来！"晕倒一片！！！

2.

测听力。用一个耳机，发出不同音量和频率的声音，测试你是否听得到。我一同事怎么也听不到，医生（注：年轻女医生）不停地放大音量，可还是听不见。于是女大夫问："你打过炮吗？"一下子满屋寂静……我同事憋得脸红脖子粗小声说："打过，可是有什么关系吗？""哦，我是说你是不是退伍兵。"又晕倒了一片……

3.

每年验驾驶证都得体检，是一些身穿军服的护士给检。一次一个军护摸了我肚子——肝部足有3分钟，我当时脸吓得煞白，可别是脂肪肝！一声轻笑，该女满脸堆欢摘下口罩，大眼睛水汪汪地看着我——原来是我年少时众多MM中的一个。事后一起吃了顿饭，她嫁人了，我喝多了……

4.

小学体检，另一个班的同学查肺活量，大夫让用酒精棉擦擦嘴，指的是机器的嘴，结果这同学擦了擦自己的嘴。另外是听说的，一个个儿矮的同学迟到，站到了最后，前几个都是大个子学生。胸透时，大夫机械工作，上来一个，一拉灯，看完了，一拉灯换下一个……等轮到他，机器的高度没有换，大夫以为还是高个子，结果一关灯看见一大骷髅脑袋。吓她一大跳。

5.

小学时，有一回打青霉素，晕针，我晕倒了，被送到急诊室后已经模模糊糊地有意识了。当时那个女大夫用手指掐我耳朵，很痛。我以为是类似掐人中之类的抢救办法，就默默地承受了。结果那医生说："这孩子不行了，这么掐都没反应……"把我妈吓得坐在地上就哭。

6.

中学毕业前体检，事前老师通知每位同学第二天用火柴盒装好自己的 bianbian 带到医院。有个男同学由于老师通知的时候不在，第二天两手空空去了医院。到了肠道科，医生给了那个同学一根棉签，让他去厕所……过了将近十分钟那位同学还没从厕所出来。医生走到厕所门口问："你好了没有啊？"只听里面那位男生用一种很痛苦的声音回答："拉不出来！"这时，只看到那位女医生翻了一下白眼大叫："谁让你真拉呀，只要用棉签往里戳进去就可以了。靠！"

7.

很久以前，偶一同学排队照 X 光，忽然此仁兄惊呼："大家快来看，这人胸口里面怎么有两条钢丝一样的东西！"偶一看，差点笑晕。大家应该都知道那是两条啥"钢丝"。而后，一MM从 X 光室斯斯然而出，该仁兄依然不依不饶，上前问候："大伙看见你胸里面有两条钢丝耶，没事吧？"MM3 秒钟后反应过来，甩手就是一耳光！

8.

初中时，查体有一项是查色盲的，大夫拿一个本子，每一页都是一些不同颜色的小碎片拼成的图案，不知大家是不是一样。有的是数字，有的是简单的画。我们挨个儿上去看，报告给大夫自己看到了什么东西，一般都没什么大问题，毕竟从小学开始就查体。结果有一位同学，他就是平时学习超级努力的那种，上去拿过本子扶了扶眼镜说了一句让我们全部跌倒的话："一堆碎玻璃。"

9.

我们上高中时，有一次要化验尿液，大夫给每个人发了个塑料杯，叫去厕所搞一点出来。我们一帮人都去了，有个哥们儿尿完了，往出走，走到一半，骂了一句："操，忘接了！"

10.

初中时，我们参加听力测试……我们班的那家伙上去了。

女医生说，等下我说什么，你听到就重复一遍，又给了他两个耳塞（测听力时用的）。

然后，医生叫那家伙站到几米开外的地方。医生说："把耳塞戴上。"

那家伙就照着说："把耳塞戴上。"

医生急了就叫道："我说把耳塞戴上你听到了吗？"

那家伙继续吼："我说把耳塞戴上你听到了吗？"

我们排队的所有人都爆笑起来。

11.

高考检查身体的时候，

测试听力。

医生说："苏联。"

男生回答："初恋。"

都是光头惹的祸（一个光头佬的日记）>>>>

6月5日　晴得好难受

看着校园越来越多的染发族，我心禁不住想给他们理个光头来端正一下校园风气。说实话，从小到大，除了满月那次外，我好像都一直留着头发，所以，剃个光头对我而言极具诱惑。

大学生好像应该酷一酷，狠狠心，我朝理发店走去。

里面还有几个人在等，老板说："这么短的头发，理平头吗？"

我说："不，理光头。"老板笑起来，对其他人说："理光头的优先吧！五分钟就搞定了。"

十分钟后我出了理发店，头皮上无拘无束的，摸摸，有点刺手。觉得自己像个和尚，又想自己说不定上辈子就是和尚出身。

回到宿舍，室友们都惊讶不已。狂笑过后，每个人都忍不住上来摸一摸，说："嗯，质感蛮好！"

晕！把我的头当抹布了？谁摸我的头我跟谁翻脸！

6月10日　晴得一点新意都没有

最近过得有点郁闷……

今天下午的课没去上，这很平常，每节课都有人不去上的，我也不是第一个。

可是没想到，上了半节课，老师环顾了教室一下，说："今天好像有人逃学喔，没到齐啊！"

大家在下面喊："到齐了，来得够多了。"

老师慢条斯理地说：

"那个光头呢？我记得你们班有个光头的，他今天没来吧？"

同学把这事告诉我时，我心都凉了，看来以后别想旷课了……

欲哭无泪啊。

6月11日　拜托不要再晴了好不好

由于昨天的教训，今天每堂课我都去上了，可新的问题又出现了，比如我刚打个瞌睡什么的，老师关怀的目光就越过几十人立即过来了：那个光头的同学，睡够了没有?

我只好撑起眼皮看着他。

外系的老师都不怎么认识咱们，平时点名都是看着名册，就像中奖一样，点上谁谁倒霉，全看个人运气。

现在可好，老师根本不看名册，张口就说，请那位光头同学……好命苦。

6月13号　给个阴天吧

我决定不再回答老师穷追不舍的提问。

今天这老师好像蛮好的，至少很公平，不直接点光头了，翻起名册来点，我叹了一口气。

“李俊雄，请回答我的问题。”

走大运了，这样也能点上我！不过，我还是不想回答，没吭声。

“李俊雄来了吗？”老师又喊了一声，我心里有点发毛。

“他没来！”我喊了一嗓子，所有的同学都看着我，眼中充满着敬佩之意。

“怎么没来？”

“生病了。”事已至此，只有硬着头皮撑到底。

“那怎么没请假? 让他今天下午到我办公室来一下。”

“好的。”我酝酿着叫谁帮我顶一下。

“那么，就请你这位光头同学回答一下刚才我的问题吧。”全班一阵爆笑，老师被笑得有点莫名其妙。

我没做杀人放火的坏事啊，为什么谁都和我过不去?

“我不会。”我硬着头皮站起来，干脆死拼到底。

“这么简单的都不会? 今天下午你和李俊雄同学一起到我办公室来一下。”

我不想活啦！

6 月 18 日　给下点雨吧

终于成功说服了其他两人去理了光头，我们班一共就有三个光头了，我的噩梦被分担了三分之二。

我很感激他们，把他们当知己，所以今天上英语课特意和他们坐一块，光头见光头，照亮了半边天，也照亮了老师的眼睛。

我们仨心不在焉地听着课，这时，英语老师说，请第二排第二个光头同学站起来。

我左看右看，明确了自己的地理位置，极不情愿地站了起来。

“请问 1 点 58 分用英语怎么表达？”老师面带微笑，不知道在乐什么。

这个简单，我脱口而出，Two to two。（秃秃秃）

然后，全教室的人都笑趴了！天哪，又被耍了！

同学们，记住我的教训啊，千万不要理光头！

都是光头惹的祸（一个光头佬的日记）

非常经典的搭讪

看过的朋友就无视吧，开始了——

1.

我学妹看中一个我们学校的帅哥，于是走上前和人家搭讪：

“帅哥，你有女朋友了吗？”

“有了。”

“那你介意换一个吗？”

“介意。”

“好吧，那你介意多一个吗？”

两个月后，我学妹顺利上位。

2.

路上，有个陌生的男生叫住我，我问他有什么事。他说，“没事，你好白啊，我就是想看看你好不好看。”

晕倒！

一会儿，他又走过来说：“你觉得我黑吗？”

“黑。”我说。

他说：“大家都说我黑。”

再次晕倒。

3.

在美国康州的一家越南餐馆，一个很帅的 waiter 问我：Are you Chinese?

偶回答了他，他马上用中文说“我爱你”。

偶晕厥！然后他就一直在我桌子旁边晃来晃去，别的客人叫他拿账单，他也不理会。和我一起去吃饭的朋友郁闷惨了，说她来这家餐馆吃了 N 次也没被搭讪过，我第一次来就……

\>>>>

4.

朋友的同学，晚自习上欲泡一 MM，上去问：“同学，请问现在几点？”

那 MM 一看表：“八点半。”

那厮一脸惊讶地说：“啊，我的表也是八点半，你说我们是不是很有缘呢？！”

\>>>>

分享童年趣事

俺是一个出生在80年代初的GG，上过山，下过河，爬过树，钻过山洞，喂过鸟，种过花，养过蚕，赶过鸭，放过牛，喂过兔子，砍过柴，担过水，烧过火，摘过野果，喝过溪水，玩过弹弓，滚过圆轮，打过陀螺，踩过高跷，捉过泥鳅、鱼、蝌蚪、螃蟹、黄鳝、知了、鸟、青蛙、蜜蜂，偷过葡萄、西瓜、红薯、萝卜、李子、桃子、橘子、杏子、梨子，玩过火药枪、竹筒水枪、圆珠笔芯橘子皮弹枪、竹筒纸弹枪，被水淹过，被狗咬过，被蚂蟥叮过，被蜜蜂蛰过，被螃蟹夹过。

下面是我的一些趣事与糗事，每件都是我的亲身经历。

1.

小时候最糗的一件事发生在读一年级时，有天我很早就去上课，到了教室还只有我一个人。突然很想拉便便，书包里却只有课本和作业本（那时候没有养成随身携带手纸的习惯），附近连叶子大点的树都没有，只好回家，半路就……记得走过去一个人说：哪里这么臭啊？当时顾不得害羞了，只一心往家里赶，真糗！

2.

小时候孩子们都很好强，我经常率领一群人和隔壁村的孩子们干架，（当然都是打着好玩，不是真打），那时候最搞笑就是像牛打架一样头顶头，和别人比谁的头硬。

3.

有次不知听谁说藕很好吃，于是到塘里搞了一根，烧了火，把藕埋在火堆里。过会儿藕就熟了，我去了皮就大吃一口，结果狂呕了……

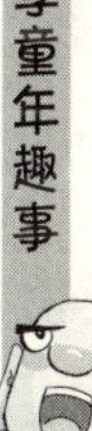

4.

读小学时住在学校，厕所是公用的，有一次嫌男厕所很脏，突发奇想，带领一群哥们儿冲进了女厕所蹲坑（假期人不多的时候），果然发现还是女生讲卫生呀，里面很干净，于是后来又去过几次，有几次还碰到了人，汗……

>>>>

5.

有一次玩火，我把别人家菜园的篱笆烧了，趁没人看到赶紧溜了。后来，我吓得半死，生怕公共安全专家局叔叔来抓我，担心了一阵子……

>>>>

6.

有一次，我去一个亲戚家玩，在楼上阳台发现一个罐头瓶子里装满水，于是摘了些草，用那水玩“过家家”。后来表妹回来看到了，跟我说那罐子里装的是她撒的尿，我马上冲下楼用肥皂洗了 N 次手，回头看见表妹还在冲着我一脸坏笑，当时真想海扁她一顿。

>>>>

7.

小时候，我家里喂过一只大黄狗，看到我就摇尾巴，经常跟着我，很听话。我也很关照它，经常给它吃点好的，但偶尔我总是想像骑马一样骑一下它，这时候它总是不愿意，一边躲开一边冲我狂叫，当然基于我俩感情还不至于咬我。可惜有天阿黄还是不见了，可怜的阿黄，应该是被别人打了牙祭，我还记得我找遍了整个村子。说到狗，顺便提一下，有次经过一个弄堂，一只狗盯着我咆哮起来，当时第一个念头就是不妙，拔腿就跑，结果还是被咬了一口，还好只腿上留下了一排狗牙齿的痕迹，没被咬出血。

>>>>

8.

有阵子，我学起了修屋，偷了不少砖头和瓦，拿泥巴当石灰，树枝当横梁，在干田里盖起了一座大概 1M×1M×1M 的屋子，晚上钻到里面坐着，看着外面，感觉很得意……

>>>>

9.

有次我想看电影，就打算从电影院的铁栏杆钻过去，结果头卡在那里进出不能，夹得痛哭起来，放电影的是我表叔，听到了哭声过来拉住栏杆，我才抽出了头，免费看了次电影，哇哈哈！

>>>>

10.

我不愿意打针，很小的时候打针还哭，后来记得每次打针，医生都会给一块糖，圆片状甜甜的很好吃，有的吃就乐意多了。还记得小时候，打蛔虫的药做得像糖一样也蛮好吃，可惜一学期只能吃一次，那时想，要是天天有的吃多好啊！

>>>>

11.

有一次，不知为什么我和平时玩得很好的兄弟闹起了矛盾，突然打起来了，虽然刚开打，他就被他姐姐拉住了，但那哥们儿哭得很厉害，老是想冲过来打我。我看他哭了，一下子愣住了，就傻站在那里。后来，他姐姐说你赶紧走吧，还站着干什么，我才走了。几天后，我们又和好了，哈哈！

>>>>

12.

小学时我一直是红人（因为爸妈都是老师），什么比赛活动都有我的份。有次钢笔字比赛，我没有被选去参加比赛。比赛的时候，我没有回家（怕爸妈问），于是一个人在烈日下到处瞎逛，人生中第一次体会到了失落的感觉……

>>>>

13.

小时候，我一直喜欢游泳，也被淹过几次，记得有一次，我试水深的时候，一脚踩空掉进了淘沙的坑里，水只比我的头高出一些，每次浮出水面想叫救命水就灌进嘴巴。幸好深处不宽，靠着一沉一浮，我终于到了水浅的地方，喝了不少水，脸也胀得通红，问岸上的同伴怎么看到我被淹了不来救我。他来了一句：我以为你装的！靠，装有装得这么像的吗！

>>>>

14.

爷爷奶奶住在老房子的楼上，（我们那是一栋木楼住了好几家人，算起来都是一个祖宗的），木楼的楼上白天都很黑，而且最 KB 的是楼梯的一旁摆着一副黑棺材，每次去那儿都是跑着上楼的，大白天也吓人呀！

>>>>

15.

小时候，我们打架喜欢对扔石头（现在想起来蛮危险）。有次和别人对扔，为了显示自己躲避的本领，在枪林弹雨中跳舞，结果被一石头砸中鼻子，出了不少血，搞得我后来成了沙鼻子——鼻子容易出血。>>>>

16.

有一次，我看见别人家里窗户上钉的图钉是彩色的，心里痒痒，忍不住去偷了，第一次体验到偷东西时的心情。

>>>>

17.

有段时间，我几天拉便便拉不出来，非常痛苦。后来，妈妈让我在屁屁那里涂了点肥皂，使了半天劲，终于感动上苍，取得成功！比较起来，拉个便便都这么痛苦，那女人生个孩子肯定……不容易啊，像勇敢的妈妈们致敬！

>>>>

18.

六年级的时候，我喜欢过一个很文静的女生，但直到小学毕业，印象中我没有和她说过一句话。只是坐她旁边的同学惨了，我一天到晚去骚扰他们，目的是想引起她的注意。

>>>>

19.

小时候，我家里有种糖，白色的，长长圆圆的很像粉笔。有次我想吃糖了，到处翻箱倒柜地找。功夫不负有心人，终于让我在柜子上头找到了盒子，拿出一根就咬起来，顿时一口苦涩，原来不是粉笔糖，而是真的粉笔！ SHIT，顿时嗽口 N 次！

>>>>

20.

家里一只鸡被人追的时候，一口气飞了几十米远，从家门口飞到了别人家屋顶，祖先留下的本领没忘光，好鸡，赞！

>>>>

21.

看过一些小孩从垃圾堆里捡了用过的套套，洗了洗就当气球吹，当时没觉得怎么样，现在想起来真替他们汗一把！

>>>>

22.

有个哥们儿玩水掉到深水里，他妹妹哭哭啼啼地回来叫大人，大人们过去用脚探到他，捞了出来，淹了将近 10 分钟，被救活了，这小子命真大，后来我们经常笑他！

>>>>

分享童年趣事

公交车上巨搞笑的一幕

公交车上超挤，有一女人站在门口。

从车后面挤过来一个GG要下车，跟那女的说了一句“让一下，下车”，那个女滴木有动。

GG挤过去时就踩到她了。

结果那女人好厉害的，不停地骂“神经病啊你！神经病啊你！……”还超大声，搞得全车都看呀。

GG一直木有说话，下车时忍不了了，回头对那女人说，“复读机呀你！”

全车人爆笑。

后边有几个搞笑的小孩，不停地表演刚才的一幕，甲说“你神经病呀你！”……乙说“你复读机呀你！”……

全车人爆笑。

后来，有个小MM也要下车，挤过去怯怯滴说：“偶…偶…偶想下去，偶不是神经病！”

全车人再次爆笑。

那个女人木有说话，可是从边上飘来一句话：“你是不是没电了？”

全车人爆笑不止。

公交车上巨搞笑的一幕

今天我雷了推销员 >>>>

我又笑了，

因为刚才我雷了一位推销员。

现在我满脸 yin 笑地在回想那个场景：

公司的大门因为空气不好而敞开，正在工作中的我看到一位长相猥琐的人进门了。

第一反应，推销员。

好吧，开始笑。

推销员 VS 我（公司里都是呼唤英文名，以下称为 Jessica）

推销员：你好，这位美女，很忙是吧？（极其猥琐外加不亚于我现在的 yin 笑表情）

Jessica：您有什么事情吗？

推销员：贵公司的经理在吗？

Jessica：您请直接说您有什么事情！

推销员：（从包里拿出一包湿纸巾，想开始推销，结果话音未起就被我打断）

Jessica：您是要推销擦拭电脑的湿纸巾是吧，上周已经有人来过了！

推销员：来过了是吧？￥%& 讲了一堆不知道是什么的东西！（因为他的声音实在是不堪入耳）

Jessica：（不想理他，埋头做事 ing）

推销员：美女，你的头发蛮好看的！

Jessica：谢谢夸奖！

推销员：你的头发做过的吧？

Jessica：（抬头）没有！！

推销员：没做啊，蛮好看的，挺像那个韩国明星的，叫什么来着？

Jessica：（愤怒地一击，面带 yin 笑）不好意思，我最讨厌的就是韩国明星。

推销员：（转 yin 笑为苦笑，无语，走了……）

完毕。

成功地打发了这位巨不专业的推销员。

我承认我还在 yin 笑——哈哈哈哈！

经典动物语录

小狗：妈妈，我们为什么对主人那么忠诚？

狗妈妈：对自己的主人都不忠诚，那还算条狗吗？那我们就变成人了，只有人才干这样的事。

小猪：妈妈，人那么有能力，为什么要伺候我们呢？

猪妈妈：这就是人的聪明之处，虽然我们现在衣食无忧，但我们是以生命为代价的；人类伺候我们，是为了吃我们的肉。先付出，后索取，先做孙子，后当爷爷，这是人类最擅长做的事。

小蚂蚁：我们为什么要整日劳作，劳累一生呢？

蚂蚁妈妈：这就是我们的命运。因为我们生长在一个封建王朝制度的蚂蚁社会，民主、自由的春风还没有刮到我们蚂蚁王国。

小狐狸：既然你没有吃到葡萄，为什么说葡萄是酸的，你是不是有点虚伪？

狐狸妈妈：这孩子，怎么这样说你妈妈？这根本是子虚乌有的事，都是人类瞎编的；人类自己是虚伪的，于是怀疑其他的动物也虚伪，这是人类最大的劣根性。

小苍蝇：既然人类都不喜欢我们，我们为什么还喜欢与人类生活在一起？

苍蝇妈妈：我们苍蝇家族的生存宗旨，就是哪里脏我们去哪里，人类是最脏的，因此我们喜欢与人类在一起。

小刺猬：我们浑身是刺，丑死了，小朋友都不喜欢我，我们为什么要长刺呢？

刺猬妈妈：老虎漂亮又威风，可他们快灭绝了，我们生活的虽然也不如意，

但我们能生活下来，可全靠这些刺；自古红颜多薄命，孩子，这个道理你一定要懂才行。

小乌龟：我们整日无所事事，而且总是饿着肚子，我真为我们乌龟家族的懒惰脸红。

乌龟妈妈：小孩子懂什么？我们虽然懒惰，但我们索取得少，没有世俗的欲望，因此我们乌龟是最长寿的动物；老鼠整日忙忙碌碌，需要得也多，因此他们不但讨人烦，而且寿命也短，比起他们来，我们才是聪明的动物；甚至在很多方面，我们比人类还聪明得多，哪个乌龟见过活了几千年的人？上帝是公平的，享受多的物种，他的寿命也不会长。懒有懒福这句话是有一定道理的。

小蚊子：我们靠吃人的血生存，人类痛恨我们几千年了，搞得我们名声很臭，我们能否换换口味？

蚊子妈妈：我们虽然靠吃人血生存，的确有点不地道，可话又说回来了，人类不但喝其他动物的血，还吃他们的肉，用他们的毛皮，难道他们就地道？孩子，不要为此难过，而且应该为我们的行为感到骄傲才行。是我们为其他的动物报了仇，也促使人类了解这个道理：别看老虎狮子不是他们的对手，可能他们人类会栽在不起眼的动物身上。再说，人类的血真不难喝，傻瓜才想换换口味呢。

小屎壳郎：妈妈，我们为什么要吃屎呢？

屎壳郎妈妈：这孩子，吃饭的时候怎么能说这么恶心的事！

大熊猫：哈哈，想要风光吗？学我爷爷奶奶他们啊，熊和猫结婚。

恐龙：不好意思，死得太早了，让你们伤脑筋了！

狐狸：娘的，明明是高级香水，你们却说是狐臭。

猪：吃啥补啥，我若不聪明，你们吃我补啥？

羊：麻烦您了，教授，以后讲到我尾巴时别用简称。

牛：凭什么呀，我老实本分，干那个的男人，却叫什么“午夜牛郎”！

雄孔雀：呸，你们下流，老爱看我发情！

袋鼠：唉，没钱，口袋再大也还是鼠！

猴子：你想红起来吗？做我的屁股啊！

乌龟：我抗议，为什么随便用我高贵的头部给你们的器官起名字！

老鼠：唉，成天为吃喝担惊受怕的，能不老吗？

企鹅：我们从来不跳脱衣舞！

鸡：叫我小姐算了，好听些！

苍蝇：我和蜜蜂的最大差别在于口味不同。

熊：还是胆小些好啊！

蜈蚣：为了省钱，我从来不穿鞋。

鱼：我打死也不去什么网吧！

萤火虫：谁要学放电？

乌贼：娘的，满肚子墨水居然也会是贼吗！

蝉：哼！不买票，就别怪我乱唱。

螳螂：怎么没酒店雇我切菜?

猫：虎是我的徒弟，要是没我它怎么能当上大王。

鼠：别看咱身份卑微，可在十二生肖中咱是老大。

鸡：你问我为什么不会飞? 因为我每天都在为太阳司晨啊!

蚯蚓：古人云，大丈夫能屈能伸。

蜘蛛：我在大学攻读的就是社会关系学。

鹦鹉：我最大的特点就是擅长外语。

袋鼠：知道世界冠军刘翔吗? 那是我徒弟。

狐狸：老虎为什么听我的，那是我用钱堆出来的。

大雁：嗨! 你以为家外有家的日子好过啊?

蚊子：谁能明白我呢? 我只是希望大家能血脉相通啊。

丹顶鹤：哼! 有了这红顶子，我看谁敢惹我。

乌龟：白刃可蹈，中庸难求。

蜗牛：不积硅步，无以至千里。

蜜蜂：这世界上贪占别人“甜头”的人实在是太多了，我是不得已才配备这杆“枪”的。

羊：同胞们，请注意，当一匹狼向你大谈仁义道德时，它肯定是要参加竞选了。

蛇：明知我是冷血动物，还妄想用温情来感化我，不给点教训怎么行?

老鼠：己所不欲，勿施于人。人们厌恶欺骗，为什么却要在我等出没的地方布上老鼠夹呢?

臭虫：我抗议，我要控告，你们人那么看重自己的名声，为啥给我取这么个臭烘烘的名字?

金丝雀：我的身价嘛，你从笼子的装饰上就可以看得出来。

猫头鹰：要是凭发言来评先进，我这一辈子怕是与先进无缘了。

蜈蚣：数数我有多少条腿吧，马才四条腿，我就不信它能跑得过我。

蜗牛：我最反感高速公路，你们算过没有，那上面每天得发生多少起交通事故!

乌鸦：人最虚伪最脆弱，自己心虚，却怪我这张嘴不吉利。

猪：甘于被人喂养的下场是“谁先肥起来谁倒霉”。

老虎：谁说我威风八面，我的皮常常被人拿去做大旗呢!

蚊子：人最爱唱高调，口口声声讲奉献，我才吸了他们那么一丁点儿血，他们就不干了。

狐狸：我是骗过乌鸦口里的肉，可是说到底，真正骗了乌鸦的是他自己的虚荣心。

马：谁说先有伯乐后有千里马?千里马是靠自己跑出来的，不是靠伯乐

封出来的。

狗：守了一辈子的门，得出一个经验："陌生人献给你的殷勤里，往往包藏祸心"。

黄鼠狼：都怪我手下的那些鸡，眼看着我腐败下去，没有一个站出来勇敢地监督我。

啄木鸟：我虽然也是全靠一张嘴来工作，但我可以自豪地说，我从来没有说过一句空话。

蜘蛛：守好这张"网"，咱一辈子就吃喝不愁了。

狗：猫失职，才让我改行来抓耗子。

鱼：明明知道有人在垂钓，仍然免不了接二连三地上钩。唉，究竟是什么蒙蔽了我们鱼的心灵呢?

狼：在野生的环境下，我是凶残的动物杀手，在人类的社会里，我只要加上一个"色"字，就是少女杀手。

精彩的爆笑段子

吃蘑菇

大雨过后，一户人家后院的木桩上长了一些蘑菇。于是，主人便摘了下来。炒好了正准备吃，他的徒弟便跑来说："师傅不能吃啊，蘑菇有毒。"

"怎么办呢？"

徒弟说："这儿有狗，先让狗吃，狗吃了没事就行。"

狗吃了之后，半个小时过去了，没事。这时师傅开始吃，徒弟便跟着狗走了出去。师傅刚吃完，徒弟便跑进来喊："师傅不好了。狗死了！"

这话吓得师傅不知该怎么办，他突然想到一个好办法，跑进厨房喝了一瓶醋，吐得相当干净。师傅怕自己已经中毒，就问徒弟："狗死前有没有什么征兆，叫没叫啊？"

徒弟说："叫啥呀，那大卡车一下就压过去了。"

再也没有女人比你漂亮了

早上MM整理打扮好，开开心心。我很温柔地对她说："好漂亮啊，再也没有女人比你漂亮了。"

MM一脸开心夸我："真会说话。"

"在这间房间里。"我紧接着我刚才的话。

"你滚！"

男孩？女孩？

甲：你看那玩球的小孩，到底是男孩还是女孩？

乙：是女孩，她是我的女儿。

甲：哦……对不起，我不知道你是她的爸爸。

乙：不……我是她妈妈……

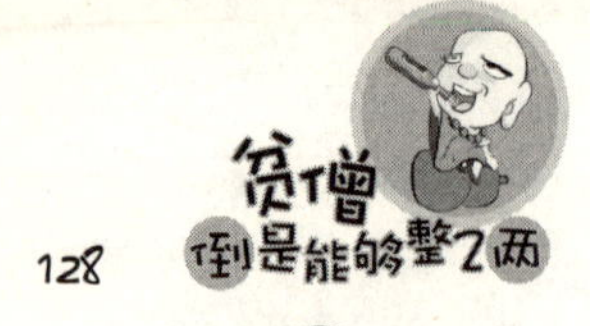

精神病笑话——太搞笑了

一架飞机飞过一所精神病医院，突见驾驶员笑个不停。

空中小姐很好奇地问："你为何笑得那么开心啊？"

只见他说："他们知道我逃出来，一定会气疯的……哈哈哈！"

精神病院里，一个病人高声喊道：

"我是拿破仑！"

"谁说你是拿破仑的？"隔壁病房的患者叫道。

"是凯撒大帝说的！"第一个病人说道。

"胡说！凯撒大帝根本不知道拿破仑是谁！"隔壁病房的患者叫喊道。

"你怎么知道凯撒大帝不知道拿破仑是谁？"第一个病人问道。

"是上帝告诉我的！"隔壁病房的患者答道。

这时，从走廊里传来医生的怒吼：

"我从来没告诉过任何人！"

在一个公园里，长椅上坐着两个人。其中一个在安静地看报纸；另一个在空中不停地做钓鱼动作。一会儿，就招来了很多人围观。这时，跑来一个police，对看报的人说："这是你的家属吗？"看报纸的人说："是，是。"police说："如果他精神不正常，请马上带他回家好吗？"看报纸的人连连道歉道："好的，对不起，对不起！"然后急忙做划船的动作……

哥哥：医生，我弟弟一直幻想着他是一只母鸡！怎么办啊？

医生：我看看。嗯，他看起来很严重！为什么现在才带他来呢？

哥哥：我们家的人都在等他下蛋啊！

一男子来到医院精神病科。

男子：大夫，我老婆总以为自己是钢琴，我该怎么办？

大夫：那你还不把她带来?

男子：你是不是精神有毛病? 我一个人怎么能抬动钢琴?

男精神病患者：我有话要告诉你。

女精神病患者：什么事儿呀?

男精神病患者（小声耳语）：你一定要保守秘密，我是菩萨的儿子。

女精神病患者：MD！我什么时候生过你这个儿子?

一位精神不正常的病人，在医院倒立着走路。

医生说："Jack，快站直了走路，这样走多累呀！"

他充耳不闻，依然我行我素。

医生又问："为什么你要做出这般异样的举动呢?"

他一边倒着走一边说："我这么走，是为了显得与其他病人不一样，不然别人就会把我看成精神病人了。"

某天，两个精神病骑着脚踏车去复诊。出发前，其中一个突然把脚踏车轮胎的气放掉。

"你在干什么?"另一个问。

"哦,因为我踩不到踏板,所以我想把气放掉应该就踩得到了。"他回答说。

然后，他看见第二个精神病跳下车，把车把和坐垫拿起来，并把它们的位置对调。

"你又在做什么?"第一个精神病问。

"哼，如果你一定要做这种蠢事，那我干脆掉头回家算了！"

疯人院新任院长走到一个病人跟前，问他何以进入疯人院。

"医生，是这样的，我娶了一个有成年女儿的寡妇。我父亲娶她的女儿为妻，所以我太太成了她公公的岳母，她女儿成了我的继女和继母。继母生了个儿子，这个孩子成了我的弟弟和我太太的外孙。我也有了一个儿子，他成了他祖父的内弟，和他自己叔父的叔父。另一方面，我父亲提到他孙子的时候，说是他的内弟，我的儿子叫他的姐姐做祖母。我现在认为我是我母亲的父亲，我孙子的哥哥，我太太是她女婿的女儿，是她孙子的姐姐。现在我不知道我是自己的祖父，我弟弟的父亲，还是我儿子的侄子，因为我

的儿子是我父亲的内弟。院长，这就是我来这里的原因。我觉得在这里比在家里平静。”

小明在精神病院实习。一日有个病人手持菜刀无端端地追他，小明吓得转身就逃，一直跑到一条死胡同，他想：“这次死定了……”就在这个时候，那个病人突然开口，说：“菜刀给你，该轮到你追我了！”

疯人院里的奇迹。

助手跑进院长办公室激动地说：“院长！简直是疯人院里的奇迹！保罗居然救了同病房的吉米一命！”“哦？怎么回事儿？”院长问道。“刚才吉米想在浴盆里淹死自己，是保罗硬把他拖出来的。”助手解释道。院长很高兴：“看来保罗已经恢复正常了，快带他来见我！”不一会儿，保罗来到院长办公室。“保罗，从你的表现来看，你已经完全恢复正常了，你做了一件非常英雄的事情，明天你就可以出院了。”院长语重心长地说道。这时，助手又慌慌张张地跑进办公室：“不好了，吉米又在卫生间上吊了！”“这个自杀狂！”院长嘟哝道。“他没上吊，我只是想把他晾干。”保罗插嘴说道。

一个病人第一次去看医生。

“关于你的病情，你来这儿之前请教过什么人吗？”医生问。

“只问过拐角上药房的老板。”病人回答说。

那位医生最讨厌那些不是医生的人常常提出医疗方面的建议，他并不掩饰这一点：“那个傻瓜给你出了什么馊主意了？”

“他让我来找你。”

因为经济不景气，最近精神病人人数剧增。

精神病院已爆满。为了给那些严重患者保留位置，院长唯有送那些病情较轻的病人出院。

怎么找出病情比较轻的人呢？他想到了一个办法：在一间密封的房子里，放着一辆10列玩具火车，然后让10个病人进去，并对他们说坐这些火车他们就可以回家了。在一次试验里，有9个病人开心地坐上了火车，并高兴地说：“呵呵呵，可以回家了……”说着便摇啊摇啊地走了。

正当院长感到失望的时候，他发现了有一个人正用不屑的眼光看着他们。

院长眼前一亮，问他："你觉得怎样？"

"不怎么样，TMD，这帮人简直是疯子！"

院长想：这人看来还有的救啊！于是，开心地问他："你怎么觉得他们是疯子呢？"

"MD，我这车长还没有上车，他们就开车了。你说他们是不是疯了？！"

郁闷的院长只好另想办法。

这时，他手下的医生给他出主意。

医生："其实检查一个人是否精神失常很简单。"

院长："怎么查？"

医生："只要问他 1 + 1 = ？就行了。"

院长："哦，正常人一定会说 2！"

医生："不，他们会骂我把他当白痴。"

院长想这个办法不错。于是实施。

但他又遇到了问题，并错误地把几个真正的白痴当正常人放走了。

于是，他决定提高难度，问 3×3=？

医生问第一个病人："3×3=？"

"274。"第一个病人答道。

医生又问第二个病人："轮到你了，3×3=？"

"星期二。"

医生又转向第三个病人："好，现在轮到你了，3×3=？"

"9。"

"很好，"医生称赞道："你是怎么算出来的？"

"这还不简单？用 274 除以星期二不就得了！？"

院长栽倒在地。

就这样不断地试啊试啊，终于被他找到了一个有效的办法。

有一个记者听说后，就跑去采访。

记者问院长："你们用什么方法确定患者是否康复呢？"

院长说："我们让他参加一个测试，我们在一个浴缸盛满水，旁边放一把汤勺和一个大碗让他们把缸里的水排出去。"

记者不以为然地说："那当然是用大碗了！"

院长看了他一眼，慢慢地说："正常的人是拔掉塞子的…….

看过的都说太经典了

婚前

女：你原先有过女朋友？

男：十年生死两茫茫，不思量，自难忘。

女：死了？怎么死的？

男：山无陵，江水为竭，冬雷阵阵夏雨雪。

女：哦，是天灾。那这些年你怎么过来的？

男：满面尘灰烟火色，两手苍苍十指黑。

女；唉，不容易。那你看见我的第一感觉是什么？

男：忽如一夜春风来，千树万树梨花开。

女：（红着脸）有那么好？

男：糟粕所传非粹美，丹青难写是精神。

女：马屁精——你有理想吗？

男：他年若遂凌云志，敢笑黄巢不丈夫。

女：你……对爱情的看法呢？

男：只在此山中，云深不知处。

女：那你喜欢读书吗？

男：军书十二卷，卷卷有爷名！

女：这牛吹大了吧？你那么大才华，怎么还独身？

男：小姑未嫁身如寄，莲子心多苦自知。

女：（笑）假如，我是说假如，我答应嫁给你，你打算怎样待我？

男：一片冰心在玉壶！

女：你保证不会对别的女人动心？

男：波澜誓不起，妾心古井水。

女：暂且信你一回，不过，我正打算去美国念书，你能等我吗？

男：此去经年，应是良辰美景虚设。

女：不过……

男：独自凭栏，无限江山，别时容易见时难！

女：但是……

男：望夫处，江悠悠，化为石，不回头！

女：好了好了，怕了你……

婚后

女：结婚那么久，你还在想你原先的女朋友？

男：曾经沧海难为水，除却巫山不是云。

女：那为什么当年还和我结婚？

男：梦里不知身是客，一晌贪欢。

女：太过分了吧。我们好歹是夫妻。

男：夫妻本是同林鸟，大难临头各自飞。

女：那我们这段婚姻，你怎么看？

男：醒来几向楚巾看，梦觉尚心寒！

女：有那么惨吗？你不是说对我的第一印象……

男：美女如花满春殿，身边唯有鹧鸪飞。

女：不是这么说的吧，难道，你竟然……

男：昔日龌龊不足夸，今朝放荡思无涯。

女：一直以来，朋友写信告诉我，我都不相信，没想到竟是真的！

男：纸上得来终觉浅，绝知此事要躬行。

女：你原先的理想都到哪儿去了？

男：且把浮名，换了斟低唱。

女（泪眼朦胧）：你，你不是答应一片冰心的吗？

男：不忍见此物，焚之已成灰。

女：你就不怕亲朋耻笑，后世唾骂？

男：宁可抱香枝头死，何曾吹落北风中。

女：我要不同意分手呢？

男：分手尚且为兄弟，何必非做骨肉亲。

女：好，够绝！

空姐的一天

1.

（登机中，空姐 MM 在机门口迎客，上来一位帅哥……）

空姐 MM："欢迎您登机，请问您是什么座？"

帅哥："我是天蝎座，你呢？"

空姐（一脸害羞状）："真的嘛，好巧，我也是天蝎座耶……"

后面排队的乘客晕倒。

2.

（登机完毕，广播响起……）

空姐："女士们，先生们，欢迎乘坐本次航班，请您坐在跑道上，系好安全带，我们的飞机马上就要起飞了……"

乘客暴汗……

3.

（飞机处于起飞状态中，轰鸣声甚大，空姐 A 与空姐 B 坐在头等仓闲聊……）

空姐 A："看，那个旅客的鼻毛露出来了，呵呵！"

空姐 B："听不见，你说什么？"

空姐 A 只好又大声重复了一遍，结果空姐 B 依然摇头示意听不见。

这时，那名旅客走了过来，凑到空姐 B 耳边说："小姐，她说我的鼻毛露出来了！"

4.

（飞机终于“爬”上高空，进入平稳飞行状态，空姐开始送饮料……）

“叮咚！”

一名男乘客按响了呼唤铃。

空姐：“先生，请问有什么需要帮助您的吗？”

男乘客默然。（可能第一次坐飞机，他有点紧张。）

空姐解释：“这是呼唤铃，如果您有什么需要再按它，我们会及时帮助您！”

乘客男点点头。

可还没等空姐 MM 回到坐位，呼唤铃又响了。空姐 MM 回头一看，只见乘客男站起来，嘴对着呼唤铃大声喊道：“可乐——加冰——”

空姐：……

>>>>

5.

（空姐继续送饮料中……）

“太太，您好！请问要喝点什么吗？”

中年女乘客不好意思地说：“不喝，不喝。”

于是，空姐小声地说：“免费的哦……”

女乘客：“啊！免费的啊？那我要一杯橙汁，一杯可乐，一杯咖啡，还要……”

说完，这名女乘客想想，又从包里拿出一个瓶子说：“再给我灌点豆浆在里面，我要把飞机票喝回来。”

空姐晕眩……

>>>>

6.

（空姐打起精神继续送饮料中……）

空姐：先生您是喝橙汁还是喝苹果汁？

旅客：你们这儿的橙汁有苹果味儿的吗？

空姐继续晕眩中……

>>>>

7.

（空姐扶墙送饮料中……）

空姐：您好，请问有什么可以帮您的吗?

旅客：能要一杯水吗?

空姐：当然可以，矿泉水吗?

旅客：有果汁吗?

空姐：有，橙汁和桃汁请问需要哪一种?

旅客：有可乐吗?

空姐：有，需要加冰吗?

旅客：那给我一杯咖啡吧！

空姐：@%￥@^&×……

>>>>

（空姐 MM 手拿着咖啡回客舱……）

这时，一位旅客指着窗外问空姐：小姐，这是什么湖啊?

空姐 MM 回答：咖啡壶。

旅客晕眩中……

（叮咚，呼唤铃又响了……）

旅客：小姐，有指甲剪吗?

空姐：您当我是小叮当啊……

>>>>

10.

（机舱集体无语中，飞机平稳地飞行着，这时，广播里传来了机长愉快的声音……）

“女士们，先生们，我是你们的机长，欢迎大家乘坐本次航班，我想告诉大家的是……啊，天哪！”

机长话说了一半，突然发出了一声 KB 地惊叫。之后，广播里就再没有声音了。这时，所有的乘客都吓坏了，连空姐也害怕得不知所措，机舱内鸦雀无声……

过了好一会儿，广播里终于传来了机长的声音：

“女士们、先生们，真对不起，让大家受惊了。刚才发生了一点小小的意外，乘务员在给我倒咖啡的时候，不小心把咖啡洒在了我的衬衣上，不信你们来看，都湿透了。”

这时，机舱里响起一个乘客怒气冲天的抱怨声：“衬衫湿了算什么，你来看看我的裤裆！”

机长晕眩中……

>>>>

11.

（不知不觉，供餐时间又到了，空姐 MM 开始送食品……）

空姐：“先生，我们有鸡肉米饭和鱼肉米饭，请问您吃哪种？”

旅客：“排骨！”

空姐：“先生，我们有鸡肉米饭、鱼肉米饭，请问您选哪种？”

旅客：“排骨！”

空姐（沉默片刻后）：“我们有鸡排骨和鱼排骨，您吃哪种？”

>>>>

12.

（空姐继续送饭中……）

空姐：“鱼肉米饭和猪肉米饭请问要哪种？”

旅客：“我们两个要猪，他要鱼！”

>>>>

13.

（空姐继续晕眩送饭中……）

空姐："请问牛和鱼您喜欢哪种？"

乘客："好的，我要'牛和'。"

空姐："是牛，和鱼。"

乘客："哦，那我要'和鱼'。"

\>>>>

14.

（用餐完毕，空姐开始收餐盘……）

一个旅客指着吃得干干净净的餐盘（连根菜叶都没剩下）抱怨道："小姐，你们的餐食太差了，简直就是狗食！"

空姐无语中……

\>>>>

15.

（大多数乘客都递上餐盘便于乘务员收取，而一名靠窗的乘客无动于衷，空姐 MM 伸手够不着，于是……）

空姐："先生，麻烦您把餐盘递一下好吗？"

那名乘客傲慢地回答："你是服务员，还是我是服务员？"

空姐很礼貌地回答："是的，先生！我是服务员，但我不是长臂猿！"

\>>>>

16.

（飞机飞临北京上空，准备降落中……）

飞机落地前，空姐要做好签封工作，可是刚签封完就有一名旅客向空姐要可乐。

空姐："对不起，我们都'封'了。"

旅客怒答："至于嘛！我就要个可乐，你们就疯啦？"

空姐：……

17.

（飞机还在滑行中，旅客就已经都站起来拿行李了。为了安全，空姐又开始了广播……）

原本，空姐 MM 应该说："女士们，先生们，我们的飞机还在滑行，请您坐好，并关闭头顶上方的行李架。"结果，她一着急广播成了："女士们，先生们，我们的飞机滑得还行……"

这时候，"叮咚！"内话机又响了，里面传来机长的声音："谁夸我呢？"

空姐崩溃中……

>>>>

18.

（飞机终于停下了，空姐 MM 心里老想着赶班车去东直门肯德基餐厅和男友约会，于是广播又传来如下温馨提示……）

"女士们，先生们，我们的飞机已经抵达首都北京东直门肯德基机场……再见！"

旅客疯了……

>>>>

快来看——笑得我都趴下了！

1. 上礼拜天回乡下老家看看爷爷奶奶，刚好小叔叔也在，我们就聊聊天，看看电视。看到一半，小叔叔忽然肚子痛，就去厕所拉了……几分钟后，突然听到厕所飙出一句：啊，可恶嘞！我奶奶就去厕所大骂小叔叔说：都这么大的人了，还说脏话！叔叔：不好意思啊，妈呀！是我刚刚擦P股的时候，擦到一半，忽然流鼻水，就很自然地把手中那卫生纸拿起来擦鼻涕了！

……

那是我看过奶奶笑得最激烈的一次。

2. 去师大后门吃烧烤。

烧烤摊前有一广告，上书几行大字：

烤

牛肉串

鸡腿

鸡心

偶旁边一NB的MM很大声地读道：烤牛鸡鸡！

3. 有一次，我去买水果刀，拿着刀看了又看，然后叫那个卖刀的找个东西让我试一下，刀快不快。但卖刀的一时没有找到。结果，俺特短路地用刀割了一下自己的大指头，血喷呀！！！

我还高兴地说："嗯，快！"

惊得那个卖刀的怎么都不收我的钱，非要送我此刀……

一转身，那个痛呀……钻心！！

4. 生活在中国的人，多数人都坐过火车。今天我就给大家讲讲我在火车上的尴尬经历。那是我读大学的时候（具体时间就不提了），过完年，赶回学校去，由于还是春运，票太紧张了，于是就尝试了下以运送民工为主的加

班车（这辈子唯一一次，经历太痛苦，以后再也不敢坐这种加班车了，痛苦就不细表了，重点说尴尬）。

从火车站广场一上车，就开始拼命地挤，拼命啊！从候车到上车就战斗了将近两个小时。（幸好哥们儿练过，不然早壮烈了，再次惊叹咱们农民工兄弟的体格那是相当的棒！）

上车之后，端正了四个小时，根本不敢动，因为人多得你也根本动不了。这么说吧，由于过道已经站不下了，已经有不少哥们儿、姐们儿爬上了行李架。乘务员在这个时候根本看不见，到站也不开门。人直接从窗户爬进来，体格好的，能爬的就进来，不能爬的就只能望车兴叹了。所以，我水也不敢喝（怕尿尿啊）。可是就在这关键时刻，我闹肚子了！上火车的时候，俺亲爱的老妈做了好多好吃的，一桌子菜，了解我的人都知道我特能吃，而且在吃的问题上抗忽悠能力基本为零。所以，我也在上车前胡吃海塞了一顿。闹肚子也没办法啊，忍啊！可是每当快忍不住，我鼓足了勇气，下定了决心站起来的时候，一看人山人海顿时泄气，只能无奈地又坐下了。（人在绝境中的，忍耐力真的是超强，平时只能忍 5 分钟的便便，这个时候，硬忍了一个小时，强吧？）可是肠胃它不管你这么多，你这边拼命忍，它那边拼命给你不断制造新的 BB，压力逐渐变大，GM 快承受不了，压死骆驼的最后一根稻草马上就要来了，可人不是骆驼啊，所以我决定在最后一根稻草来临之前（最后一坨 BB 制造出来之前），迅速解决掉它们！

这次我站起来之前，我决定排除万难坚决完成这个不可能完成的任务！所以我开始爬山涉水，奋力前进！到了第一个车厢连接口，厕所已满人，第二个还是满人。我执著地向第三个厕所前进，前进，前进！我在跟时间赛跑！当我来到第三个厕所的时候，我欣喜若狂。（幸福兴奋之情不再多表，我也没有多想，为什么单单这个厕所没人，还以为是上帝眷顾我呢。）

我马上蹲下解裤脱裤。可是当我完全蹲下的时候，发现一个很奇怪的现象，怎么我的屁屁凉飕飕的？而且从下往上吹的风特别大，真是奇了怪了，风可以是四面八方吹过来，还从来没有遇到过从下往上去的啊？我仔细一看，我靠！从便池里面直接可以看到铁轨了。可是这个时候，我也来不及多想了，因为我知道最后一根稻草马上就要来，先嘘嘘吧……水水刚刚流下去，我靠，全部往上吹了回来，我正低头通过那个洞洞研究铁轨在快速运动中的变化呢，正好水水全部吹到脸上和上衣来了。这时我立即意识到了问题的严重性，可是有过屎急的人都知道，水水下来了，BB 就是如来佛来了都挡不住了，稀里哗啦的一顿猛下，我的妈啊，亲爹啊，全部往上吹回来了。这次不是吹到我的脸上，全部吹到了 PP 上了，NK 上也全部都是，连车厢上也全部都是。当时，我真是跳车想死的心都有了！没办法，这个小房间已经全是我的 DB 了，幸好手纸还抓在手里，我先把脸上的水水擦干净，把水水擦完后，纸不能浪费啊，接着擦 PP，然后慢慢地起来，把外裤脱下，NK 是不能穿了啊，把 NK 脱下，用来擦了下鞋上的 BB，然后扔到窗外了。痛苦啊，上个厕所把 NK 都上没了，还弄得一身 BB 啊！哭啊！在这个时候，我又犯了一个极愚蠢的错误，把擦完 BB 的纸，又扔到了那个便池里，还没有等它接近便池，风把它们猛烈地吹起来，吹得那个满屋都是啊！雪花满天飞舞，在我身边飞舞，我也欲哭无泪了，俄滴神啊，我容易嘛？不就是上个厕所嘛，用得着这么大动静吗？身上是什么味道，我在这里就不细表了。不过我感觉我回去的时候，比我来的时候容易多了，不那么挤了，满车厢的人刷刷地往两边闪。嘿嘿，那种感觉你们体会不到的。

之后，我明白了两个道理：第一，两个物体在做互相相反的高速运动的时候，其产生的风力特别大，而且风向向上。第二，有很多人的地方，如果独独某个地方没有人，千万不要以为那是上帝给你的礼物。

5. 上小学那会儿，我害怕打针。记得上三年级时，学校组织打疫苗针，我怕得要死。老师说生病的同学提前说一声，可以不用打。我举手，“老师，我怀孕了！”被老师一顿胖揍，一边揍还一边骂：“小小年纪，叫你不学好。”（注：我是男生。）

6. 一天，路上一美女向我问路。
我发誓从未见过如此美若天仙的女孩。
也不知道是紧张还是被兴奋冲昏头脑，
我把自己家的地址告诉了她。

7. 在同事家玩，我是她儿子的干妈。正聊着天，小屁孩趴在卫生间的门下面的出气口对我神秘地招手，轻声道：“干妈，干妈，你快过来看。”我奇怪了，问他：“看什么？”他又悄悄地朝我招手：“你过来嘛，干妈。”我疑惑地走过去，顺着他的意思趴下。他说：“干妈，你快看里面，我爸爸在洗澡，把衣服全部都脱光了，快看快看！”

汗……迅速爬起来，幸好没往里面看，一世英名啊！

8. 大一的时候，有一天，我要从学校后门出去办点事。后门设了卡，就那种升降杆，是用来拦汽车的。步行的和骑自行车的人需从旁边的小门出入。

当时，我走到离升降杆有大概 10 米的时候，脑袋也不知中了哪股邪风，突然想从杆上飞过去，像刘翔那样。

于是助跑，加速，起跳……惨剧发生了——就在我起跳的一瞬间，杆也吃错了药一样地同时升起，我腾空的时候，它正好挡我前面……我在空中也没法躲啦，随着一声脆响，大脑一片空白……

起来之后给我疼坏了，随即大骂：谁 TMD 升起的杆?！谋杀呀！而刚才升杆的那个警卫目睹了全过程，正在那儿发愣呢，几秒钟后才反应过来那根杆被我撞断了，于是抓住我要我赔杆。

更崩溃的是，后来我们一同去了学校警卫处。警卫把我叫到一台电脑前面，把我刚才撞杆的全过程的录像放给我看。原来就在我肇事的地方还安了摄像头，我亲眼目睹了自己从助跑到撞杆的 NB 样子。

铁证如山，我已百口莫辩，最后赔了人家 400 块钱。临走时，警卫长还跟我说了句：其实这杆啊，以前也断过，不过被人用身体撞断还是建校史上的第一次啊。

××，我还创了个纪录！

9. 上中学的时候，俺中意文科班的一位美女，虽然算得上认识，但苦于没有机会进一步接近，很长时间以来都是只可远观不可那啥。和同桌商量过 N 多接近美女的办法，但大都太无耻，少有可行的。后来，我想出一条简单的，就是在和她邂逅的时候主动搭讪，搭讪的内容为：哎，这么巧，你也××××。×××× 的内容根据具体情景而定，比如，在图书馆邂逅就说：哎，这么巧，你也来图书馆；在车站邂逅就说：哎，这么巧，你也坐这路车。然后就可以展开话题继续聊了。

心里装着这个事后，每天就想着和她邂逅。终于有一天：俺从厕所小解出来，只见她正在水池边洗手，俺兴奋不已，赶紧凑上前去也打开水龙头洗手。她冲俺笑笑，俺激动地说："哎，这么巧，你……你……你……也尿手上啦？"

10. 念高中那会儿，偶第一次来月经，那是晚自习的时候，因为事先不懂得也没有准备，就沾了一凳子的血。还好那凳子是长条形的（2人坐的），颜色接近橘红色。下课后，偶趁同学都出去了，就把偶的凳子偷偷地跟最后排的换了过来。结果，第二天早自习课，就听到后排的一个仁兄大骂："靠，这凳子什么质量啊，都破成这样了，还掉漆！"

11. 某天晚上，我下班回家，工作了一天，洗完澡光着身体，只穿了一件内裤坐在电脑前上网。我登陆了一个可以在线收看各种类型短片的网站，看到其中一部短片的时候，叫我连声佩服，叫绝！

短片中一个男子正常地坐在沙发上，然后双腿朝上，脚掌朝向天花板，屁股突起，他手里拿着一个打火机点燃后放在离屁股很近的地方。只见他皱皱眉头，像是上厕所的表情，扑——放了一个很长的"屁"，结果，从他屁股串出一条很长很凶猛的火焰，就像火龙喷火一样！

绝！绝！真他妈绝了！我不由得叫好！

我看了好几遍，想了一想，怎么想怎么又觉得刚才那一幕是骗人的，是不是电脑特级效果啊？没有道理的事情啊！人体排放出来的难道真是沼气？就算是沼气，浓度有那么大吗？不行，抽一支烟，叫自己理性理性吧。

嘴上的烟点着了，看着手里握着的打火机，感觉肚子有些不舒服，真巧了！正好有放屁的感觉，脑子一动，这不正是我求证真理的好时机吗！为了求证科学的真理，一定要有献身的精神，小时候我也听过不少伟大科学家为了科学献身的故事。人固有一死嘛，况且这个验证才多大点事啊！大不了以后不上厕所了呗！

然后，我鼓起勇气，我没有学短片中的那个男主角一样的动作，我是侧身坐在沙发上几乎把身体要躺下了，翘起屁股，把打火机放到屁股边，扑——咦，怎么没着啊？哎，真叫我失望，原来网上的东西大半都是虚假的啊！我真有点沾沾自喜，本人掌握的科学理论是相当过硬的。

啊！不好，我现在肚子相当不舒服，需要马上上厕所大便。我感觉到肚子里又有一股强大的屁需要释放。不！不！我不能错过这个机会，一次验证不等于我的理论是完全对的，需要多次。好！这次我要再试验一次。

马上我就要憋不住这种强大的"势力"了，做好实验前的准备动作后，打开打火机1、2、3，释放！——轰！一声巨响……我的妈呀！我哭了，只见一个大火球从我的内裤里钻了出来，随后消失，然后我的内裤开始着起大火来。我以迅雷不及掩耳之势把裤衩脱下来一顿狂踩，只见地上的裤衩已经

烧了一个大洞，我的家里到处弥漫着一股“烤猪毛”的味道。

阿弥陀佛！阿门！幸好我安然无恙！但屎已经憋没了！

12. 大学，我是学计算机的。上机实习，众生在老师打盹时狂打 CS，我们的队长按捺不住激动，迅速建立了局域网，玩经典的 dust2，队长大喊：我贱（建），我贱（建），都别跟我抢！放心，俺的队长，俺们都不跟你抢。

13. 大学时我交了一个 BF，才交往不久，所以没去过他的宿舍。一天有急事去他宿舍找他，一开门发现，除他全宿舍人都在，因为和他们宿舍的人不太熟，所以我有点小紧张地向他们问他的去向。

可不知道怎的，就脱口而出：“我男人呢？”

全宿舍沉默 10 秒钟，我夺门而出。

14. 13 岁时第一次来事（月经），因为不好意思自己去买卫生巾，所以就想让我妈帮我买去。

可是……感觉这个跟老妈说，也是一件很让人害羞的事，最后把老妈叫来支支吾吾老半天。

我终于鼓起勇气对我妈说：妈，我怀孕了（其实我是要说，“妈，我来事了。”结果一紧张竟然……）我妈瞪大眼睛对我说：啥？啊！我刷的一下，脸就红了呃……太郁闷了。

15. 上语文课的时候，课文是讲破坏环境的危害，说到什么什么泄露了，污染严重什么什么……

说到动情之处，40 岁的语文大妈愤怒地拍台大声说道：

“你们人类啊！就不知道保护环境！！”

全班石化。

16. 读大学时，每年寒假前都要去体育馆排队买火车票。有一年排队时，突然感觉后面有人捅我，回头看是后面的同学向我递纸条，打开一看，上面写“我是后面 20 米左右穿红毛衣的女孩……”我仔细往后寻找，发现了她，脸蛋红扑扑的，很可爱，正是我喜欢的类型，她的眼神中带着期盼和羞涩。我心想：“嘿，难道我的帅都惊动了铁道部，美女们慕名而来。”于是，我赶忙看纸条后面的内容："我有多余的去杭州的卧铺，想要吗？不要的话，请把纸条继续往前递……"

17. 一人夜过坟地，见火光，以为是鬼火，遂投砖头一块。火光移至另一坟头，该人又扔一砖头。遂听见"×××拉泡屎都不行，一根烟的工夫挨俩砖头。"

老公和老婆间的暴强通信

亲爱的老婆：

你，在娘家还好吗?

从我们怄气到现在，你已经离家出走达38小时零37分钟了，这距离你出走史上的最高纪录还差4个小时零21分钟。我知道你在等我向你登门道歉，我也准备这样做，但我更希望你能坚持下去，再创你出走史上的新高!

我在家里一切还好，请不要惦念。虽然，你带走了存折，不过，你不用担心我的经济来源，因为我手里还有一张附属信用卡。信用卡用起来就是方便，我已经买了5件衬衣，7条内裤和12双袜子，估计每天一套能穿到你回来了。名牌就是名牌，虽然贵了点……

我的伙食问题你也不用担心，我已经到7家新开张的酒楼试吃过了；带鱼、麻杆、猪头三他们怕我一个人孤单，天天陪着我，不过他们净点好菜好酒，我没办法啦，你知道我死要面子的。最让我心烦的就是对门新搬来的那个女人，差不多每天都来借醋借蒜什么的。不过，你放心，我是绝不会犯错误的，这方面你要对我有信心。至于，家里的花花草草，我想让它们提早适应沙漠化的环境，绝不给它们浇水，这有利于它们的物种进化。对了，咱家的咪咪是陪你一起回娘家了吗? 我两天没见它了。

你也不用担心，我那两个可爱的小舅子会一时冲动来找我做出什么不理智的事来，昨天我请他们爆搓了一顿，顺便向他们讲了我们之间的一点小事。他们听后拉着我的手哭着说“姐夫，真是苦了你了！”云云。

我会接你并向你道歉的。不过，你在娘家安心地住一段时间也好，“常回家看看”嘛，老人们也需要你。

另：如果你明天不回来的话，冰冰约我去吃比萨我就去了，反正闲着也是闲着，老拒绝人家也不好，终究是一个单位的同事嘛。

再见!

你亲爱的老公

亲爱的老公：

谢谢你的来信。

我在娘家一切都好，不用挂念。忘了告诉你了，存折上的存款已经转存到了我的账户，本来我还稍许担心你的经济情况，不过既然你能恶性透支信用卡过得那么滋润，也用不着我担心了。

另外我做个善意的提醒，家里厨房碗柜最下面还有两包速食面，虽然你现在吃得挺好，不过我还是有些担心，也许当信用卡告急后，而带鱼、麻杆、猪头三他们个个忙得没空和你见面的时候，你就会需要它。

替我向对门的新邻居问声好，月底房屋贷款就会到期，到时你就不得不和你的新朋友说拜拜了！对了，家里的花你千万别浇水，我种的是仙人掌。咪咪和我在一起。家里的灭害灵早用光了，现在你一定在和小强面面相觑吧。

我那两个可爱的弟弟当然不会找你什么麻烦，他们一直在劝我离婚，找一个有本事的男人。

现在才觉得回家的感觉真好，不必每天那么辛苦地洗衣烧饭，可以自由逛街 shopping，真是开心！

祝你明天和冰冰玩得愉快，另外，我听说冰冰的新男友是体育学院的拳击教练，也不知道是真是假，你知道我没那么八卦的啦！

再见！

你亲爱的老婆

老公和老婆的相互斗智

1.

刷碗

我俩吃完饭都不想刷碗，所以决定用猜拳方式决胜负，谁输谁刷碗。但老婆好耍赖，出拳时总比我慢一拍，我也不去揭穿她的诡计，只在洗碗时找有豁口的（或看着不值钱的）碗、盘子打碎一两个，第三次她就不再让我刷碗，但我得负责倒垃圾。

2.

做早点

我跟老婆都有赖床的恶习。因此，常有起床后不吃早餐直奔单位的现象。为了培养老婆早起做早餐的优良品德，我早上醒来时，会在被窝里将肚子里积蓄一夜的废气很爽地放掉，炸得老婆花容失色，只好乖乖就范。我嘛，自然可以再赖上一会儿，然后从容不迫地起床用膳。

3.

逛街

最怕跟老婆逛街，她会拖着你到处乱转却什么都不买。

“老公，我穿这件黄色的好不好看？”

“嗯，不错。”

“那红色的呢？”

“美！”

“蓝色的比较好吧？”

“也挺漂亮。”

“你怎么都说好？快说实话，倒底哪件好？”

“嗯……老婆，说实话呢，你应该挑件大一号的，你好像胖了哦……”

老婆虎视眈眈地瞪着我，至此，再不要我陪她逛街。

生气

老婆生气时会拒绝跟我讲话，我就租盘ＫＢ片，等晚上老婆睡着后看，看到惊险的地方，连忙推醒老婆，将ＫＢ情节重放（她不看也没关系，音效好，也能吓人）， 每次老婆都吓得四肢乱颤，投怀送抱，主动求和，嘿嘿……

>>>>

啃鸡爪

我和老婆都爱啃鸡爪，自叹啃的速度不如老婆。一次我俩边看电视边啃鸡爪，老婆双手各执一个，当我伸手拿盘里最后一个时，老婆狠狠地瞪我一眼。我讪讪道："老婆，吃多……不怕胖啊……""×××，我看你这礼拜是不想吃肉了！"一句话砸得我头皮发麻，两腿发软，曾因无心说过老婆有点胖的话，被罚吃过一星期青菜。

>>>>

情人节

我总觉得中国人没必要过洋人的节日，但老婆对这类的异国情调特别讲究，2 月 14 日的前两天她就有意无意地旁敲侧击："老公，今天 12 号吧？""老公，现在街上的饭店好像都有特别节目哦。"情人节那天中午，我打电话给老婆，告诉她晚上不用回家做饭，下班直接到外面吃，乐得她在电话那头屁颠颠的。晚上接到她后，直接拖一路边店吃拉面，俩人共花 8 块钱。之后被海扁一顿，一路无话到家。当她进门看见桌上的玫瑰时，我再次被海扁一顿，这次拳头落在身上很轻。

>>>>

抽烟

多数女人都讨厌男人抽烟的习惯，老婆也不例外，先是良言相劝，后来偷藏放在家中的烟，最后竟以控制上网相威胁。晚上她躺在床上，我有意在床边像丢魂似的走来走去。

“老公，你干什么哪？”

“哦，没事，我转转，你先睡。”

“你老在我眼前转来转去的，我怎么睡啊？”

“不转晕了，我也睡不着啊。”

“就知道你想抽烟，去阳台抽，别耽误我睡觉！”

>>>>

字条

虽然是夫妻，但我们各自保留一小块私人空间。一日，我发现自己的抽屉里多了两根长发，便留下一张字条，上书“随便翻别人的抽屉是不对的。另，老婆，你掉头发了。”隔日，发现抽屉里面多了张字条，上书“我没有随便翻，你存私房钱已被发现。另，老公，掉头发是营养不良的症状，用你的私房钱改善我们这俩月的伙食吧。”

>>>>

9.

深呼吸

老婆在单位受气回家后闷闷不乐，我便教她做深呼吸以调节情绪。做第一遍后我问：“好点没？”老婆摇了摇头。“那就再来一次，这次要记得用力呼吸。”话没说完，自己放了一个闷屁，本以为不臭，接着陪老婆做深呼吸。但事与愿违，我先比老婆闻到臭味，暗叫不好，转身就往阳台走去。尚未到门口，背上已被拖鞋结实地砸中。结果以一堆好话加二斤鸡爪陪罪。

>>>>

10. 赛跑

周六晚上，我陪老婆买菜，因每次采购都得备足一星期所需，所以半小时后，俩人手里全是沉甸甸的袋子，加之天气较热，走在回家的路上已是汗流浃背。老婆突然说："老公啊，好像中午我们吃完饭后没刷碗哦？"

"啊？"

"这样好不好？我们比谁先到家，后到家的负责刷碗。"

"行啊。"

"但你比我跑得快，那我手里的东西让你拿着才算公平吧？"

"嗯。"

于是，老婆手里的袋子全转移到我的手里，待老婆一声开始，俩人撒腿就跑，虽然她两手空空但还没我快，才跑出50米，老婆就在后面大叫："你慢点，等等我……"哼哼，我才不傻呢，等你追上我，那还不得我刷碗啊？不但没停，我反而加快脚步向前冲，终于先老婆到家。气喘吁吁地躺在沙发里洋洋得意地等老婆回来，可10分钟后还没见人影，想想不对啊，就是走回来也该到了。正纳闷着，老婆开门进来了，手里还拿着半筒冰激凌，一脸坏笑道："我叫你等等还不听，本想告诉你，我记得中午是刷过碗的。"

老婆快疯了!男人炒鸡蛋的17个步骤

步骤 1：寻找鸡蛋。1 分钟后仍没找到，打电话给老婆，终于找到了。

步骤 2：洗鸡蛋。

步骤 3：打鸡蛋。轻轻磕，用力磕，用大力磕。

步骤 4：清理操作台上的鸡蛋清。

步骤 5：清理碗中的鸡蛋壳。用筷子夹，用勺子舀，用手抓，成功了（现在知道为什么要洗鸡蛋了吧）。

步骤 6：搅拌。清理脸上、手上和衣服上的鸡蛋清。

步骤 7：发现碗中的鸡蛋没剩下多少了，又拿出两枚，重复步骤 2~7。

步骤 8：打火，打不着。还是打不着。怎么打也打不着。

步骤 9：打电话问老婆。

步骤 10：拧开气阀。终于打着了。

步骤 11：擦红花油，简单处理脸部灼伤。

步骤 12：放油。

步骤 13：倒掉红花油，重新放入花生油。唉，一字之差！

步骤 14：等待油热，并幻想老婆吃鸡蛋时被表扬。

步骤 15：救火，扇子扇，水泼，火越烧越大。

步骤 16：在浓烟中爬着去找电话。

步骤 17：在电话旁思考火警电话是 110、120，还是 119。

雷人的歌名

1.

王心凌《爱你》，S.H.E《我爱你》，Beyond《真的爱你》，李宗盛《我是真的爱你》，言承旭《我是真的真的很爱你》。

点评：有这么这么复杂吗？

2.

王菲《如果你是假的》，邓丽君《假如我是真的》，萧正楠《假如我是假的》，孟庭苇《真的还是假的》。

点评：靠，能退货吗？

3.

成龙《我是谁》，蟑螂《忘了我是谁》，蔡依林《你是谁》，许志安《忘了你是谁》。

点评：你们都需要脑白金！

4.

萧亚轩《一辈子做你的女孩》，龙梅子《下辈子做你的女人》。

点评：不错，成熟了！

5.

朴树《我爱你，再见》，丁薇《再见，我爱你》。

点评：不送……

6.

苏永康《男人不该让女人流泪》，陈小春《女人不该让男人太累》。

点评：多么体贴的小夫妻啊！

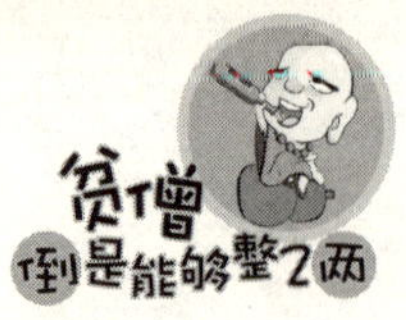

7.

姜育恒《爱我你怕了吗》，孙燕姿《害怕》，王力宏《不要害怕》，潘玮柏《我不怕》，赵薇《不怕》，郭美美《不怕不怕啦》，郑伊健《怕什么，什么也不怕》。

点评：真是人多胆子大！

>>>>

8.

董文华《春天的故事》，杨千烨《夏天的故事》，陈艾玲《秋天的故事》，马天宇《冬天的故事》。

点评：故事还真多，一年讲不停……

>>>>

令老板当场晕倒的两份简历——绝了服了

面试人员给一位前来应征的男士一张履历表。于是，男士就填了这样的信息：

姓名：英文的还是中文的?

年龄：这是私人问题。

身高：这跟工作有关系吗?

体重：随时改变，饭前饭后都不同。

居住地：那是一个特别的地方，我生命的舞台。

电话：爱立信手机。

电子邮件：只留给漂亮和富有的女孩。

上班时间：越短越好。

应征职位：找一个不做什么实事，但能被美女包围的职位。

学历：毕业于一个你找不着的大学。

语言能力：侃大山是专长。

兴趣：睡得天昏地暗。

生日：正月初七。

经历：游戏人生。

曾任职位：高级的或者低级的都是一种经历。

已婚未婚：我正在寻找漂亮又富有的女孩，希望在你们公司能找到。

未来期望：只负责主席台讲话，并且希望尽早退休。

希望待遇：比实际工作量拿得多就行。

接着，他们再看第二位应征者的履历表时，正在吃饭的经理吐了出来，董事长则当场晕倒。

姓名：父母取的。

年龄：不小了！

身高：很高。

体重：中等。

居住地：家里。

电话：在身上。

电子邮件：朋友帮我申请的。

上班时间：8 小时。

应征职位：一位。

学历：如果毕业的话有高中学历。

语言能力：有。

兴趣：很多。

生日：还没到吧。

经历：刚来的时候摔了一跟头。

曾任职位：小学时当过纠察队员喔。

已婚未婚：父母有结婚。

未来期望：再找好工作。

希望待遇：希望大家都很疼我。

令人吐血的非常强的女大学生平安信 >>>>

亲爱的爸妈，你们好：

算一算，从我离开台湾到加州来求学也已经三个月了。真对不起，我在这儿发生了一些事，以致无法好好写一封信回家报平安。现在，事情大致告一段落，我总算可以报告一下现况。不过，请先答应我，一定要心平气和地把这一封信读完。真的要平心静气才往下读……好吗？尤其是有心脏病的爸爸。

我最近过得还不错，大腿骨折和脑震荡都痊愈得差不多了。那是我刚到学校不久，在学校外租的公寓因为室友烧开水失火，我急忙从四楼的窗户跳下去而摔伤的。我在医院只住了五天，就因为病床不够新的病患用而出院。还好，康复的情形还不错，我已经可以自己拄着拐杖开车，车速几乎和以前一样，头痛也只有一天发作三次而已。我能这么幸运，多亏公寓对面的便利商店有个店员看到了火灾和我跳窗的情形，随即打电话求救，消防队和救护车才能及时赶到。他也有到医院去看我，他知道我的公寓被烧，出院后没地方住，还十分热心地邀我去他的公寓暂住。虽然只是个顶楼分租的房间，不过还算小巧别致。这阵子相处下来，我越来越觉得他真是个好男孩，我们彼此深爱对方，也正计划准备结婚。婚期尚未敲定，也想听听你们的意见，但是要快，最好赶在我肚子看得出来以前。噢！我忘了说，爸、妈，没错！我怀孕了！！！你们一直很想抱外孙子，这我也是知道的。所以，对于这个即将问世的小生命，我一定给他最多的爱和最细心的照顾，就像你们对我一样。我们之所以没有马上结婚，另一个原因是我的男友感染了轻微的性病，而我也不小心被他传染到，以致我们无法顺利通过这里的婚前健康检查。还好，我现在每天都注射医生开给我的处方——抗生素，相信很快就可以把细菌都杀光。再提到我的另一半，你们的女婿，想必你们会竭诚地欢迎他成为我们家的一分子。坦白地说，他并没有接受过很好的教育（连初中都没有念），不过，他有一颗温柔的心，而且很上进。

虽然他和我们国籍不同，肤色也不一样，但我记得你们教过我，任何种族肤色的人都是平等的。所以，你们绝对不会因为他的肤色比我们黑而感到不安。我有把握，你们一定会像我一样喜欢他。况且，他也有非常显赫的家世背景。他告诉过我，他父亲在故乡埃塞俄比亚的部落里还是个举足轻重的酋长呢！当然，我爱上他的不只是他有上进心，而且我更钦佩他在没有四肢的情况下，能独自滑行轮椅而不需我的协助。这段相处的日子以来，作为一个即将成为他妻子的我所能做的实在不多，我所能做的只不过是固定开车载他去教会领救济金，以及帮他洗澡及清理他裤子上的排泄物而已……

最后，我想补充几句实话——
我租的公寓根本没有着火，
我也没住过医院，
也没有怀孕和大肚子，
也没有结婚的计划，
也没有被传染性病，
也没有和什么黑人男生交往，
既然你们看到这里都能接受以上的事了，
那么——
以下我所要说的事情一定能让你们破涕为笑……
那就是——
我留级了……

阿美敬上

家中回信：

阿美：

很不幸，你的父亲在看到一半时已经中风，你母亲在看到三分之二时，也跳楼自杀了，为了安葬你母亲，目前家中欠高利贷二千万元，而你大哥也跑到南美洲躲债，债务只好落在你身上。

最后补充一点，以上的打击，你都能承受的话……那下面的事就让你非常感动。

我们要说，以上都没有发生，但是——

我们不打算再寄给你生活费了！

×月×日

六种等级客服人员的服务态度

初级客服
客户来电劈头大骂："你娘咧！"
客服员："呜……"（哭泣声）

中级客服
客户来电劈头大骂："你娘咧！"
客服员："这位先生请息怒，有什么可以为您服务的吗？"

高级客服
客户来电劈头大骂："你娘咧！"
客服员："家母身体很好，谢谢您的关心。"

专业客服
客户来电劈头大骂："你娘咧！"
客服员："家母身体很好，谢谢您的关心。那……你娘咧？"

超级客服
客户来电劈头大骂："你娘咧！"
客服员："这通电话已录音存证，本公司将保留一切追诉之权利。"

终极客服
客户来电劈头大骂："你娘咧！"
客服员："请稍后，马上为您转接！……"（电话放一旁，让客户一直等候）

某高校博士MM的超强"流氓"语录

认识一博士 MM，娃娃脸，韩式发型，怎么看怎么像一乖乖巧巧的在校大学生。不过，她一张嘴，通常是满座皆惊。某次聚会，一自称见多识广的哥们儿把我拉到一边，问这 MM 是干什么的，我说在读博士。哥们儿说："我的娘唉，流氓专业的博士吧。"这里曝光下 MM 的语录，边想边写，随时补充。

1.

氧化钙。MM 很博学，在表示蔑视的时候，不说靠，而说氧化钙。一哥们儿问氧化钙啥意思。MM 说：CaO。该哥们比较呆，继续问是啥意思。MM 说就是 CaO 的汉语拼音。该哥们儿依然不明白什么意思，MM 大吼一声："操，非逼我说粗话！"

2.

MM 身材很好，挺胸翘臀，很性感的样子。不免就有男生蠢蠢欲动。MM 是那种说话开放、行为保守的两面派。MM 的男同学大都是三十岁以上的老男人（MM 认为人过了三十就可以称为老了，她自己常常哀叹自己老之将至，还没有毕业上班，更不能奢想退休了）。有一艺术学院的色男，泡妞技术极高，就去泡博士 MM。博士 MM 很直接地问他：你带安全套了吗？色男说带了。MM 就立刻很嘲笑地说："看来你是有备而来的了，和我磨叽这么长时间就为了上床呀。"色男就讪讪地说："开玩笑呢，没带。"MM 立刻更嘲笑地说："想和 MM 上床连安全套都不准备，真是个不负责任的男人。"色男无处遁逃，还做最后的挣扎："我结扎了。"MM 说："你有性病吗？"色男说："我没有。"MM 说："你说没有就没有了啊，有证明吗？"色男被绕昏了头说："我每次都带安全套。"MM 大笑问："你带安全套了吗？"……如此循环三遍，色男落荒而逃。还有一个后果是，有一个月的时间，该色男见了安全套就阳痿。

3.

一次聚会，有一暴发户在场，大谈自己如何有钱，说现在的社会钱代表了一切，就没有钱办不成的事情。MM 立刻甜甜地一笑，“给你一千万，麻烦你帮我把我二舅的照片放大了挂天安门上吧。”

4.

有一做安利产品的哥们儿推销安利牙膏，凭良心说，这牙膏还是蛮好的。该哥们儿按照该公司设计的推销方式做宣传。就是拿个牙膏纸盒，一边挤上安利牙膏，一边挤上别的牌子的牙膏，然后用牙刷分别刷一刷，再把牙膏擦去。结果是涂了安利牙膏的这边毫发无损，而涂了别的牌子牙膏的那边则略有磨损，用以说明安利牙膏不损伤牙齿釉面。哥们儿做完实验，举着盒子大声问大家：“这说明了什么？”MM 大声回答：“证明安利牙膏刷牙刷不干净！”该哥们儿当场晕倒。

另有一姐们儿推销面膜，其宣传方式是给人右边脸蛋涂面膜，左边不涂，洗干净后，让人双手放在脸蛋边同时扇风。通常人们感觉右边风大，该姐们儿就趁机说：“做完面膜后，清透了毛孔，感觉自然灵敏了。”她用这种方式推销了不少面膜，有次不幸遇到了 MM。MM 说：“左边风大。”该姐们儿说：“你的感觉不对，你再感觉感觉。”MM 大声说：“不用感觉了，普通人都是右手手劲大，所以感觉右边风大。我是左撇子，你该给我涂左边脸蛋。”该姐们儿从此发誓再也不推销面膜了。

5.

王姓哥们儿，一次开 MM 的玩笑说：“我一看到你就想奸杀你。”MM 说：“通过奸杀来达到让对方死的目的，该需要多强的体力啊。我怕你体力不支，你还是用普通方法杀死我算了。”王哥们顿时脸若红布。

6.

有个男生追求 MM，没有追上，后来又找了个别的院系的女朋友。其女朋友很爱吃醋。有一天她和 MM 在校园里狭路相逢，这个男生的女朋友拦住 MM 说：“知道吗，现在我们谈恋爱了，希望你不要再骚扰他。”该男生低头不语。MM 说：“哦，恭喜恭喜，这个男人虽然已经被用过了，但是没有损坏，功能尚可，你不要嫌弃，凑合着用吧。”那个女朋友当场被气晕。

\>>>>

7.

MM 对付色狼常用的一句话是“我有艾滋我怕谁”。

\>>>>

8.

MM 嘲笑人没见识的时候常说：“没见过猪跑还没吃过猪肉啊？”仔细一想，还真是这么回事。现在孩子，吃过猪肉还真未必见过猪跑。

\>>>>

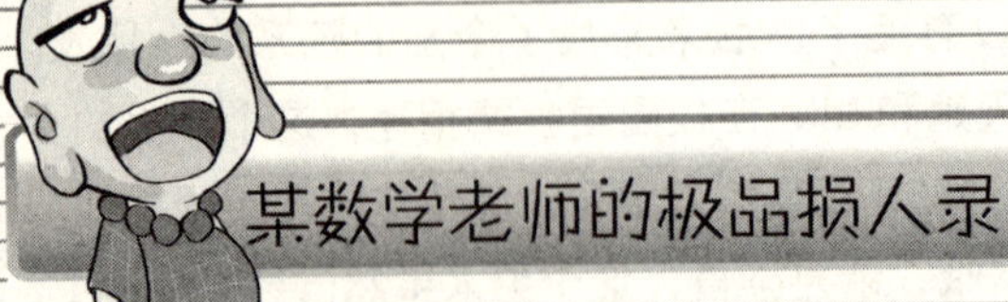

某数学老师的极品损人录

1. 你笨，不是你的错，是你爸妈温泉会馆去多了。

2. 我跟你们讲，你们以后要是考不上大学，就去做牙托好了。你们知道什么叫牙托吗？就是你们到人家牙防所门口一站，看到有人经过，你就拿本数学本子跑上去跟人家说，“我是某中学的学生，但我连这种题目都不会做。”人家肯定笑得满地找牙，找不到牙就直接进去补牙了。像你们这种素质一去人家牙防所，老板肯定数钱数得嘴巴都笑歪了。

3. 读书是勤奋和智慧的结晶。你们这帮人，勤奋约等于零，智慧等于零，加在一起还等于零。

4. 我跟你们说，你们考上复旦的几率和我当美国总统的几率是一样的。

5. 要是你们高考考得好了，你们马上帮我打 119！哦，不对，打 119 也来不及了，我的鼻血喷到美国去了！

6. 什么是数学？你们不会的就是数学。

7. 傻瓜年年有，今年特别多。

8. 福利工厂的工人，口水流下来，钞票还算得清楚，你们呢，钱也算不清楚。

9. 咱们学校的人都是抹布料子，所谓的好学生也就是超市里卖的那种百洁布。咱们中学的人考大学，那是抹布料子做西装。

10. 把你们教好那是一项科研成果，我马上可以调到中科院去。

11. 教你们我至少要少活五年，如果我一年赚二十万的话，五年就是一百万，乖乖，你们以后可以去出一本书叫《我是怎么谋杀一个百万富翁的》。

12. 我也就想不通了，全国最笨的人也就这么一百来个，怎么会有一半在这个学校，而且偏偏集中在一个班上，居然还碰到我这么一个班主任。缘分啊！

13. 同学们，黄浦江到现在都没装个盖子，这是上海市政建设者的失职。所以，到时候你们考不上大学就可以去跳了，人家会负责把你捞上来的。

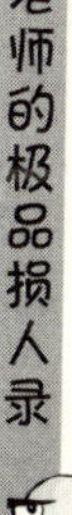

14.

我跟你们说，公式背不出来啊，最简单了，请个民工很便宜的，五块钱一个钟头，背不出来就让他拿个棍子站在你后面，人家很开心的啊，有钱拿还能打人。

15.

你知道什么叫天灾人祸吗？天灾就是你天生智商低，人祸就是你后天不努力。

16.

现在发展节奏这么快，像你们这么懒，吃屎都赶不上热的。

17.

你们这届学生能考上复旦的也就二十几个吧，最多了，不相信吗？要是真能比这多我马上跳楼。我已经考察好了，你们学校最高的也就是那个钟楼了，跳下去应该会死的吧。

18.

要是哪天你们听到我骂你们不是笑而是哭的话，就说明你们有救了。

无奈的90后，80后，70后，60后，50后

90 后的无奈：

当我们出生的时候，奶粉里都有毒了；

当我们长身体的时候，只能吃垃圾食品了；

当我们要上幼儿园的时候，开始乱收费了；

当我们大学毕业的时候，毕业就是失业了；

当我想努力赚钱的时候，股市倒了；

当我想努力谈恋爱的时候，帅哥都成 GAY 了；

当我想追求一切流行的时候，又开始非主流了！

80 后的无奈：

当我们读小学的时候，读大学不要钱；

我们要读大学的时候，读小学不要钱；

我们还没能工作的时候，工作也是分配的；

我们可以工作的时候，撞得头破血流才勉强找份饿不死人的工作做；

当我们不能挣钱的时候，房子是分配的；

当我们能挣钱的时候，却发现房子已经买不起了；

当我们没有进入股市的时候，傻瓜都在赚钱；

当我们兴冲冲地闯进去的时候，才发现自己成了傻瓜；

当我们不到结婚年龄的时候，骑单车就能娶媳妇；

当我们到了结婚年龄的时候，没有洋房汽车娶不了媳妇；

当我们没找对象的时候，姑娘们是讲心的；

当我们找对象的时候，姑娘们是讲金的；

当我们没找工作的时候，小学生也能当领导；

当我们找工作的时候，大学生也只能洗厕所；

当我们没生娃的时候，别人是可以生一串的；
当我们要生娃的时候，谁都不许多生一个。

70 后的无奈：
当我们出生的时候，奶粉买不到；
当我们长身体的时候，吃肉要靠票；
当我们需要信仰的时候，信仰崩溃了；
当我们需要理想的时候，理想泯灭了；
当我们需要精神鼓励的时候，我们被物欲世界包围了；
当我们要买房子的时候，福利房没有了；
当我们要上大学的时候，大学生贬值了；
当我们大学毕业的时候，工作要靠自己找了；
当我们要谈恋爱的时候，爱情也变成钱情了；
当我们生小孩的时候，小孩只能要一个了。

60 后的无奈：
当我们出生的时候，赶上了三年自然灾害；
当我们需要读书的时候，赶上了文化大革命；
当我们需要就业的时候，赶上了裁员；
当我们要养家的时候，国营卖掉；
当我们需要生育的时候，国家只让生一个；
当我们教育子女的时候，碰上了会说“火星文”的 90 后；
当我们需要人照顾的时候，碰上了只会让人照顾的 90 后。

50 后的无奈：
当我们出生的时候，新中国还没有个样儿；
当我们长身体的时候，饿得“三根筋挑着一个头”；
当我们需要上幼儿园的时候，只能跟着父母到田头；
当我们上小学的时候，小学生都是大知识分子；
当我们上中学的时候，赶上了大串联；

当我们该上大学的时候，碰上了“文化大革命”；
当我们该工作的时候，碰上了上山下乡；
当我们谈恋爱的时候，还只能靠介绍；
当我们结婚的时候，只能两张床一并靠；
当我们工作正起劲的时候，碰上了下岗；
当我们老了想享享福的时候，碰上了啃老的 80 后！

无奈的90后，80后，70后，60后，50后

男生最经常说的11句废话大集合 >>>>

第一句：我不在乎你的容貌。

女人似花，男人像蝶，花愈香则蝶愈盛，花越艳则蝶越狂。蝶恋花乃千年不变的真理，男人不在乎女人容貌？那你有没有听说过蝶恋草的？

第二句：我什么都答应你。

男人好像一激动，就忘了自己从来都不是万能的。他们总是摆出上帝的口气，不经大脑思考就脱口而出地说："我什么都答应你。"或许，他们不知道上帝也不是万能的，试问一下：上帝创造了人类，创造了万物，上帝能创造出一块他自己也搬不动的石头吗？

于是，女人在听到这句话的时候，常常能听到接下来的另一句："除了这一件事，我什么都能答应你。"

第三句：你是我的唯一。

女人有政策，男人有对策，女人似乎不可能永远拴住男人。

女人拴得住男人的腰包，拴不住男人的腰带，女人拴得住男人的情，却拴不住男人的欲。当你发现男人"红旗不倒，彩旗飘飘"的时候，你才会懂得"唯一"不过是琼瑶编织的女人欺骗女人的童话罢了。

第四句：我不在乎你是不是处女。

千万不要低估了那一层薄薄的膜对男人的魅力，数千年的文化禁锢，不是媒体随便喊几声性解放就能抹煞的。性解放，到头来得了便宜卖乖的还是男人，受伤流泪的依旧是女人。如果男人真的可以不在乎，除非他只是把你当做是情人又或是一种工具。

第五句：我发誓。

当男人在女人面前碰壁的时候，当男人无奈的时候，他们最后的言语居然惊人地相似，指天发誓不过是男人欺骗女人善良天性的一个绝好幌子。对于男人来说，发个誓就好像放个 P 那般容易。

第六句：是我错了。

女人总以为男人认错了，便是自己又赢了，孰不知这只是又一次受骗的开始。女人好像很少认错，可偏偏总是错上加错。

第七句：我戒了……

十个男人，七个好烟八个好酒九个好色，还有一个样样都好。要是真能戒，那些烟啊、酒啊、小姐啊，都谁消费掉了？

第八句：我一定改。

你千万不要被男人翩翩的外表所迷惑，其实只要一回到家里，甚至只是在美女面前掉了一下头，他挖鼻孔、抠脚趾的陋习，三天不洗澡五天不洗衣、屋里邋遢得像狗窝的传统，便会立马表露无遗。俗话说：江山易改，秉性难移。如果要我相信男人改得了生活上的那些恶习，我宁可相信狗改得了吃屎。

第九句：我会娶你的。

结婚不是嘴上放放气的游戏，是要付诸于行动的。说得次数越多，娶你的几率越小，基本成反比。

第十句：我没骗你。

这句话本身就是又骗了你一次，罪上加罪，罪不可赦。不要犹豫，马上给他一嘴巴。

第十一句：爱你一万年。

P 话，最大的 P 话，你以为女人是乌龟啊，活得了一万年！

能忍住不笑的算你厉害

有一户潘姓人家，长辈过世。

家祭时，请来了一位乡音很重的老先生来当司仪。

讣闻是这么写的：

孝　男：潘根科

孝　媳：池氏

孝孙女：潘良慈

孝　孙：潘道时

但这位老先生老眼昏花又发音不标准。

当他照着讣闻唱名时，凡是字面上的三点水或左边部首都漏掉没看到。

于是就给他念成这样子：“孝男，翻……跟……斗……”

孝男一听，直觉得很奇怪，但又不敢问，于是就翻了一个跟斗。

接着又说：“孝媳，也……是……”

孝媳一听：“我也要翻啊？”于是，孝媳也翻了一个跟斗。

再来：“孝孙女，翻两次。”

孝孙女一听，想想爸妈都翻了，我也翻吧！于是就翻了两个跟斗。

此时孝孙心想：“老爸、老妈都各翻一次，姐姐翻两次，那么我要翻几次？”心里想着想着就开始紧张了：“怎么办？”只见老先生扯开喉咙，大声念出：

“孝孙……翻……到……死……”

老公很变态：他最经常做的三件事：

1. 在棉被里放一个 P，然后把我的头突然按进被窝，任凭我挣扎也不放手……

2. 趁我清晨睡得迷迷糊糊的时候突然起床，对准我的鼻子放一个响亮的P……

3. 终于各自盖一条棉被分开睡了，借口给我暖身体钻进我的被窝，放P之后迅速逃离现场，回到他自己的被窝里……

每当想到这些，我就悲愤交加……

就在昨天的公车上，他在我身旁又放了个惊动众人的P，然后对我怒斥：“你注意点儿影响！”

崩溃中……

年度最新的23句经典幽默名言

1.

女人无论站多高，蹲下只能湿润脚下的土地；男人厉害了，站得更高，尿得更远！

2.

贞操因人而异，比如人们会赞美一个女孩是处女，却也会嘲笑一个男孩是处男。

3.

什么叫残忍？是男人，我就打断他三条腿；是公狗，我就打断它五条腿！

4.

女孩在乎的是下半生的幸福，男孩关注的是下半身的幸福……

5.

“别让你的权利睡着了”，这句话通常用于洞房花烛夜时。

6.

只有在大排长龙时，才能真正体会到我们是“龙的传人”。

7.

男人的脸是他的人生履历表，女人的脸是她的人生损益表。

8.

不怕虎一样的敌人，就怕猪一样的队友！

9. 我床上的不知道是谁媳妇，我媳妇不知道在谁的床上！>>>>

10. 当你穿上了爱情的婚纱，我也披上了和尚的袈裟……>>>>

11. 我们为尿是不是由于地心引力而排出体外争论不休，我是持反对意见的一方。为证明我方观点正确，我一边倒立，一边小便给他们看……>>>>

12. 昵称/ID叫“我爱×××”的，最终往往是分手的居多……>>>>

13. 最差的人品莫过于痴痴地盯着一个丑女看半晌，然后叹口气说：“靠，这恐龙做得太像真的了。”>>>>

14. 你们少吃点甜的，我有糖尿病！>>>>

15. 你终于听话地躺下来了，因为你手里攥着我给你的钞票……>>>>

16. 唯女人与英语难过也，唯老婆与工作难找也！>>>>

17. 帅有个屁用！到头来还不是被卒吃掉！>>>>

18.

老鼠给猫打电话：哈喽啊！饭已 OK 啦！下来米西吧！猫趴鼠洞前伸前爪想把老鼠掏出来。吭哧、吭哧地掏了一夜，第二天掏声依旧。>>>>

19.

婚姻就像吃饭，你点的肯定都是你爱吃的，可等菜上了桌，你还是忍不住先看看别人的盘子——得不到的才是最好的。>>>>

20.

与人冲突时，退一步海阔天空；追女友时，退一步人去楼空。>>>>

21.

今晚仰卧，明早起坐，明晚俯卧，后天撑……锻炼，有时候就是这么简单。>>>>

22.

我才发现，吸引男人的办法就是让他一直得不到；吸引女人的办法正好相反，就是让她一直满足。>>>>

23.

男人，上半身是修养，下半身是本质；女人，上半身是诱饵，下半身是陷阱。>>>>

小兔说："我妈妈叫我小兔兔，好听！"
小猪说："我妈妈叫我小猪猪，也好听！"
小狗说："我妈妈叫我小狗狗，也很好听！"
小鸡说："你们聊，我先走了！"

小兔说："我是兔娘养的！"
小猪说："我是猪娘养的！"
小鸡说："我是鸡娘养的！"
小狗说："你们聊，我先走了！"

0 号陪练说："外人叫我零陪，好听！"
1 号陪练说："外人叫我一陪，也好听！"
2 号陪练说："外人叫我二陪，也很好听！"
3 号陪练说："你们聊，我先走了！"

猫对我说："我是你奶奶的猫，好听！"
狗对我说："我是你奶奶的狗，也好听！"
鱼对我说："我是你奶奶的鱼，也很好听！"
熊说："你们聊，我先走了！"

浪客说："人们叫我浪人，好听！"
武士说："人们叫我武人，也好听！"
高手说："人们叫我高人，也很好听！"
剑客说："你们聊，我先走了！"

张靓颖说：“崇拜我的歌迷都说：偶的偶像叫颖。”
何洁说：“崇拜我的歌迷都说：偶的偶像叫洁。”
周笔畅说“崇拜我的歌迷都说：偶的偶像叫畅。”
李宇春说：“你们聊，我先走了。”

高等数学老师说：“这学期我教高数。”
大学物理老师说：“这学期我教大物。”
模拟电子老师说：“这学期我教模电。”
社会主义经济老师说：“你们聊，我先走了。”

北京大学的说：“我是北大的。”
天津大学的说：“我是天大的。”
上海大学的说：“我是上大的。”
厦门大学的说：“你们聊，我先走了！”

李宗仁将军说：“我这人，有仁！”
傅作义将军说：“我这人，有义！”
左权将军说：“我这人，有权！”
霍去病将军说：“你们聊，我先走了！”

美能达的用户说：“我们是美人！”
佳能的用户说：“我们是佳人！”
华光的用户说：“我们是华人！”
尼康的用户说：“你们聊，我先走了！”

老张家的门是柳木做的，老张说：“我家的门是木门。”
老李家的门是塑料做的，老李说：“我家的门是塑门。”
老王家的门是砖头做的，老王说：“我家的门是砖门。”
老刘家的门是钢做的，老刘说：“你们聊，我先走了！”

白色的玉说：“我叫白玉。”
碧绿色的玉说：“我叫碧玉。”

红色的玉说："我叫红玉。"
杏色的玉说："你们聊，我先走了！"

师范学院的学生说："我是'师院'的。"
铁道学院的学生说："我是'铁院'的。"
职业学院的学生说："我是'职院'的。"
技术学院的学生说："你们聊，我先走了！"

牛人搞出的BT段子，你不笑才怪！

让管理员吐血的十大网名

1.

取名“不认识”

举报人：“管理员，我举报！”

管理员：“谁？”

举报人：“不认识。”

管理员：“……滚……”

2.

取名“请等等”

举报人：“管理员，我举报！”

管理员：“谁？”

举报人：“请等等。”

管理员：“好的，快点！”

一分钟后……

管理员：“到底是谁？”

举报人：“请等等啊！！！”

管理员：“等你个头啊，滚……”

3.

取名：“就是我”

举报人：“我举报！！！”

管理员：“谁？”

举报人：“就是我”

管理员：“很好，成全你……封！”

举报人：“……救命啊……”

4.

取名："骗你的"

举报人："管理员，我举报！"

管理员："又举报？谁？"

举报人："骗你的。"

管理员："吃饱了没事干回家喝奶去，滚！"

5.

取名"嘿嘿嘿嘿"

举报人："管理员，有人用外挂，我举报！"

管理员："好的，是谁？"

举报人："嘿嘿嘿嘿。"

管理员："……请问是谁？"

举报人："嘿嘿嘿嘿。"

管理员："来人啊，拨打精神病医院电话……"

6.

取名"我是你爸"

举报人："管理员，有人用外挂！"

管理员："谁？"

举报人："我是你爸。"

管理员："我是你爷爷！"

7.

取名"不是我"

举报人："我举报，有人用外挂！"

管理员："……谁？"

举报人："不是我。"

管理员："那是谁？"

举报人："就不是我。"

管理员："你TM废话，不是你是谁？"

举报人："真的，不是我呀！"

管理员："滚……"

8.

取名“管理员啊”

举报人：“管理员哥哥，有人用外挂，我举报！”

管理员：“好的，是谁？”

举报人：“管理员啊。”

管理员：“谁？你说谁？”

举报人：“管理员啊。”

管理员：“……我有必要用外挂吗？灭了你！”

9.

取名“本人已死”

举报人：“管理员，有人外挂，我举报！”

管理员：“×××小子，我被玩了一天了，敢报假案的话，俺宰了你，快说是谁？”

举报人：“本人已死。”

管理员：“你……死了闹什么闹，活了再来找我。”

10.

取名“打死我也不说”

举报人：“管理员我举报！”

管理员：“又举报？谁？”

举报人：“打死我也不说。”

管理员：“……吃饱了没事干，滚！”

三国短笑话13则

想关羽

曹操潼关战马超，割须弃袍大败而归，因此在大帐中不停地叹气。

张辽："丞相，你叹什么气啊？"

"唉！"曹操，"我在想，如果关羽还在我手下就好了。"

"是啊，"张辽点点头，说道，"若有云长在此，定能斩马超于马下。"

"我倒不是这个意思。"曹操捋了捋只剩下半截的胡子，道："今天马超喊'长胡须的是曹操，抓长胡须的曹操'，要是关羽在的话……他的胡子比我长多了，我还用得着这么惨吗？"

甘露寺

吴国太："人言刘皇叔长得极丑无比，看来全是胡说，仲谋你看，刘皇叔竟长得如此英俊潇洒，威武雄壮，简直是当世的美男子……"

孙权："母亲，你看错了，那是刘备的部将常山赵云赵子龙。旁边那个才是刘备。"

"啊？"吴国太，"那这样一看，刘备还真是长得很丑。"

（早叫你刘备相亲的时候不要带赵云这种小白脸，带张飞去不就行了，保证衬托出你的"英俊"。）

穷刘备

孙尚香拽着刘备的耳朵，问道："你是不是说过：兄弟如手足，妻子如衣服。你把我当什么？"

刘备："夫人，不要生气嘛。因为我当时穷，没想到将来还能有新衣服。"

（过去穷人家，一辈子也就一两件衣服。）

老黄忠

关羽兵取长沙，太守韩玄派老将黄忠出战，两人大战数十回合不分胜负，

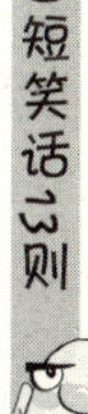

突然黄忠马失前蹄，败下阵来。

韩玄："为什么会输？"

黄忠："我忘了喂马，没办法，年纪大了总爱忘点事儿。"

韩玄将自己的马让与黄忠，并命他箭射关羽，黄忠仍然无功而返。

韩玄怒道："为什么不放箭？"

黄忠："我又忘了带箭了，没办法，年纪大了总爱忘点事儿……"

韩玄大怒，道："你这老糊涂，我留你何用，拉下去砍了！"

黄忠："等一等，我还有一件很重要的事要告诉你！"

韩玄："快说！"

黄忠："嗯……好像……大概是……我又忘了。"

韩玄："气死我了，快把他拉下去，斩首！"

魏延："韩玄你残暴不仁，轻贤慢士，拿命来！"

黄忠："对了，我想起来了。韩大人，我想说的就是魏延早就想杀你了，要小心哪！"

韩玄："啊……"

庞德抬棺战关羽的真相

士兵甲："我们庞将军干吗要抬着口棺材去打仗？"

士兵乙："你还不知道吗？庞将军已经当了××棺材连锁店的形象代言人了。"

（明星做广告，切忌注意自己形象，不要给钱就干。）

空城计

司马师："父亲，诸葛亮的琴声太难听了，我受不了了。"

司马懿："七煞琴音！没想到诸葛亮居然是六指琴魔的传人，赶快撤军！"（武侠小说看多了吧？）

王朗之死

诸葛亮："……汝即日将归于九泉之下，有何面目见二十四帝乎？老贼速退，可教反臣与吾共决胜负！"

"诸葛村夫！欺我太甚。"王朗气得七窍生烟，忙喊道，"快拿我的速效救心丸来！"

随从："来了，大人慢用。"

"吃完药再和你吵。"王朗一口气吃了整整一瓶药，正想接着和诸葛亮对骂，突然口吐鲜血死于马下。

后经专家鉴定，死因是服用了大量的劣质假药，导致药物中毒，然而生产假药的厂家却是曹氏集团旗下的长安制药三厂，为掩盖事实，魏国政府最后宣称：大魏司徒王朗，在祁山前线被诸葛亮"骂"死。

单刀赴会

鲁肃宴请关羽，关云长未带兵马，单刀赴会，酒过三巡后。

鲁肃："关君侯，这荆州……"

关羽："没……没问题！不就是几……几座城池吗，我老关一……一句话的事儿。"

"那就多谢了！这点小意思不成敬意！"鲁肃连忙往关羽口袋里塞红包，临走还亲自把关羽送上小船。

几天后，荆州。

鲁肃："君侯，你上次不是答应还荆州了吗？怎么能言而无信呢？"

关羽："靠！我喝醉酒说的话你也信？"

（记住不要在酒桌上谈重要的事。）

七擒孟获

诸葛亮："孟获你已经七次遭擒，为何还是不降？"

孟获："下次，下次您再抓住我，我准投降。"

诸葛亮："为什么一定要下次？"

孟获："下次就凑满八次了，八就是发，是我的幸运数字。"

诸葛亮当场厥倒。

（对这种人没什么可说的，拉下去砍了就得了。）

斩颜良诛文丑

颜良："来将通名！"

关羽："……"

"什么？大声点！听不见！"颜良说着往前凑了几步。

关羽："……"

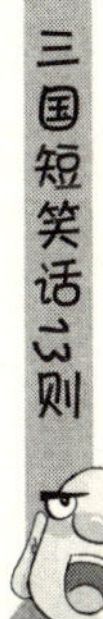

"再大声点！还是听不清！"颜良说着又往前凑了凑。

关羽："嗯！现在正好够得着。"说着手起刀落，斩颜良于马下。

一个月后，文丑问："来将何人？"

关羽故作神秘地说："你知道，颜良是怎么死的吗？"

文丑："噢？不知道。"

关羽："近前来，我告诉你。"

文丑乖乖地凑过去，伸长了脖子问："他是怎么死的？"

"就是这么死的！"关羽说着把青龙大刀一挥，只听"咔嚓"一声，世界清静了！

三顾茅庐

刘备："我是来找诸葛先生的。"

小童："有预约吗？"

刘备："啊？没有。"

小童："先生不在，下次再来。"

刘备无奈，只好过了几天，二顾茅庐。

刘备："诸葛先生在吗？"

小童："有预约吗？"

刘备："有，上次说好的，今天见诸葛先生。"

小童："好，诸葛先生在里面，交50两银子咨询费，自己进去吧。"

刘备往里走，没见到诸葛亮，只见到了诸葛均，于是出来问小童，道："我预约是见诸葛亮先生，他怎么还不在？"

小童数着银子，不慌不忙地说："你只说见诸葛先生，我们这里诸葛先生多了去了。过几年，你也可以称呼我为诸葛先生。"（小童是诸葛亮家的亲戚。）

温酒斩华雄

曹操："果然好身手，此酒尚温。"

关羽："靠！我就是嫌酒太烫，我都砍了一个了，这酒还没凉，算了，出去再砍一个再说。"（原来关羽喜欢冰镇饮料。）

七步诗

曹丕："吾今限汝行三步吟诗一首，不然就拉出去斩首。"

曹植："不行，太少了，十步！"

曹丕："四步！"

曹植："九步！"

曹丕："五步！"

曹植："八步！"

曹丕："六步！"

曹植："跳楼价，七步！"

曹丕："成交！"

曹植："好！煮豆燃豆萁，豆在釜中泣，本是同根生，相煎何太急！"

（讨价还价这么长时间，早想好了。）

孙悟空迷恋上台球以后的严重后果 >>>>

一

（唐僧脸色苍白，呕吐了五分钟）

悟空：师父，你没事吧？是不是又晕马了？

唐僧：悟空，我已经跟你说过N遍了，赶马的时候，轻轻拍一下就行了，你怎么总用金箍棒捅马屁股呢？

二

唐僧：悟空，你采的果子怎么全是烂的？

八戒：师父，不用问了，猴子准是又抓了几个妖精，陪他用水果切磋了两杆“斯诺克”。

三

（八戒、沙僧飞快地跑了过来）

八戒：猴哥，赶快上，老大被金角大王和银角大王痛扁呢！我们俩都支持不住了。

（唐僧眼睛被打得像熊猫似的）

唐僧：悟空，快来救我呀！

（悟空从虎皮妖裙中掏出一个块状物，在金箍棒头上擦来擦去）

悟空：师父，为了不打偏，你等我把“枪粉”上完！

四

八戒：猴哥，老大已经被金角、银角拖到山洞里去了！

悟空：糟了，“头儿”要是进洞就得罚分了！喂！八戒，他进的是“中洞”还是“底洞”？

（八戒晕倒）

五

（悟空果然厉害，不一会儿就杀进洞内，几个回合就把金角大王逼到了墙角，但悟空却突然停手）

唐僧：悟空怎么“相上面了”？八戒，你去问问他，为什么还不下手。

（八戒哭着跑了回来）

八戒：55555，老大，55555，猴哥说，金角“贴库”了，不好下“杆儿”！

六

（悟空转身痛扁身后的银角，几个回合后，银角也坚持不住了，悟空又突然停手）

唐僧：悟空，你怎么又“相上面了”，银角没“贴库”呀。

悟空：嘘，别着急，我正在考虑打完银角，怎么走位来K一下墙边的金角。

孙悟空迷恋上台球以后的严重后果

太搞了！终于明白"白领"原来是这个意思 >>>>

"嫁妆"就是丈母娘给女婿的回扣。

"代沟"就是我问老爸觉得《菊花台》怎么样，他说没喝过。

"自恋"就是下辈子我一定要投胎做女人，然后嫁个像我这样的男人。

"约会"就是一对男女展现自己前所未有的精湛演技的时候。

"天堂"就是所有的女人都在，只有你老婆不在的地方。

"无奈"就是被狗咬了一口，却无法反咬一口时的感觉。

"丑闻"就是当你带一个丑八怪女孩出游，就会听到周遭的人所说的话。

"绝望"就是饭馆吃饭点了俩菜，吃第一个："世上还有比这更难吃的吗？"吃第二个："靠！还真有！"

"白领"就是今天发了薪水，交了房租、水电煤气费，买了油、米和泡面，摸摸口袋剩下的钱，感叹一声：这月工资又白领了！

童言无忌

儿子今年三岁半了，以下几个小故事全是他的经典语句，写来大家乐一乐。

一天，跟儿子坐公车经过东风路，公共汽车报站：

“中山纪念堂到了，请乘客在后门下车。”

“妈妈，中山纪念堂是不是有很多糖呀？有QQ糖、有巧克力吗？”

（这小家伙好吃的老毛病又犯了……）

岁月不饶人呀，此话一点也不假。前阵在家翻看近期的照片，感觉自己是一天老过一天了，看看那眼角的皱纹，再看看那黯淡无光的皮肤，真是惨不忍睹呀。于是，我指着其中的一组问老公：

“老公，你看看我是不是很老呀，这张、这张，还有这张，都很老吧？”

说者无心，听者有意……

几天后的一个周末，一家三口去游乐园玩。晚上在一家环境优雅的西餐厅一边吃饭一边欣赏当天拍的照片。忽然，儿子指着我的一张照片像发现新大陆一样大声叫起来：

“妈妈，你看！你很老吧？这张、这张，还有这张，都很老吧！！！”

（555555555555，儿子，妈妈真有这么老吗？555555）

昨天，老公工作应酬喝多了两杯，回来后直奔洗手间，抱着马桶呕了个天翻地覆。我一边侍候他，一边唠叨他不应该喝这么多酒。儿子站在洗手间门口问我：

“爸爸是酒鬼吗？”

“不是，他是工作需要才喝的。”

“他一个人呕是不是很辛苦呀？要不，妈妈，我们明天也出去喝酒，回

来跟爸爸一起呕，好不好？”

过完暑假，儿子从小小班升到小班了。习惯了暑假在家天天睡懒觉，现在开学每天要早起，他都要想尽办法赖床。

这天早晨——

“小朋友，该起床了，七点了！”

“不要，我还要睡觉。”

“那好吧，再多睡五分钟，五分钟后就起床，好吗？”

“不行，我还要睡很久！”

“那你说要睡多久呢？”

“我还要睡三分钟，三分钟后我就起床！”

（呵呵，原来三分钟比五分钟要久）

前天逛街，不小心遗失了一只耳环。由于那耳环是我淘遍了西街才找到的心爱之物，所以随后的几天都闷闷不乐。

晚上看电视时，儿子坐我身上，摸着我的耳朵说：

“妈妈，你别生气了。等我长大了，赚了很多很多钱的时候，就给你买一对黑色的耳环，再给你买一部跑车（他最喜欢车），还买一幢带游泳池的房子给你好吗？”

（呵呵，儿子你真好！）

相当搞笑的牛人签名

1. 走别人的路，让别人无路可走。

2. 菜刀在手，问天下谁是英雄。

3. 花钱让人揩我的油，减肥就是这么回事。

4. 中了情花毒，却找不到绝情谷。

5. 精神就是用来崩溃的，人格就是用来分裂的。

6. 发工资时，会计对俺说：你半年领一次工资吧，现在零钱太少了……

7. 娴静时如母猪照镜，行动处若河马发疯。

8. 执子之手，拖去喂狗。

9.

白天给了我白痴的大脑，我却用它来思考。>>>>

10.

黑夜给了我黑色的眼睛，我却用它来翻白眼。>>>>

11.

人见人爱，花见花开，车见车爆胎。>>>>

12.

谁让谁红了眼眶，谁又能笑着原谅。>>>>

13.

有人说，女人如衣服。我惊恐地发现，自己居然已经裸奔了20多年！>>>>

14.

我希望有一天我能用鼠标双击我的钱包，然后选中一张100元，按住ctrl+c，然后不停地敲ctrl+v。>>>>

15.

你问我喜欢你哪一点，我说喜欢你离我远一点。>>>>

16.

破锅自有破锅盖，破人自有破人爱！>>>>

17.

我死了，在烈火中我又站了起来，你猜是尸变还是涅槃……>>>>

18.

我可能是看《越狱》看多了！一看到纸片就想折纸鹤，看见螺丝就想拧，一吃饭我就抽风！一抽风旁边人手表就不见。>>>>

19. 我就像一只趴在玻璃上的苍蝇，前途一片光明，但又找不到出路。

20. 总有一片洋葱会让你流泪！

21. 兄弟如手足，女人如衣服；谁动我手足，我穿他衣服；谁穿我衣服，我砍他手足。

22. 在哪儿跌倒就在哪儿趴着。

23. 老板来两斤爱情，老子拿回去喂狗了！

24. 喝醉了我谁也不扶，我就扶墙。

25. 忍无可忍，重头再忍。

26. 钻石恒久远，一颗就破产。

27. 长个包子样，就别怨狗跟着。

28. 水能载舟，亦能煮粥。

29. 钱不是问题，问题是没钱。>>>>

30. 没有医保和寿险的，天黑后请不要见义勇为。>>>>

31. 上帝欲使人灭亡，必先使其疯狂；上帝欲使人疯狂，必先使其买房。>>>>

32. 人生总见彪悍事，江山代有祸水出。>>>>

33. 朕要午休，跪安吧。>>>>

34. 我想早恋，但是已经晚了。>>>>

35. 人不犯贱必有缺陷。>>>>

36. 谁说我白、瘦、漂亮，我就跟他做好朋友。>>>>

37. 卖身卖艺不卖笑。>>>>

38. 看尽天下 ××，心中自然无码。>>>>

39. 下辈子我一定要投胎做一个男人，然后娶一个我这样的女人。>>>>

40. 人在江湖飘，哪能不挨刀。>>>>

41. 春色满园关不住，我拉红杏出墙来。>>>>

42. 我喝酒是想把痛苦溺死，但这该死的痛苦却学会了游泳。>>>>

相当搞笑的牛人签名

小姐，你踩到我脚了

一、公车站台

“小姐，你踩到我脚了。”

“没有吧，我离你那么远。”

“我是说，如果你把脚不小心放在了我脚上，就是踩到我脚了。”

“神经病。”

“哇，小姐好眼力，我确实有神经病史，一般看见漂亮的女孩就发作。”

“你们男人总是那样，说些无聊的话故意引女孩子注意，以为自己很帅。”

“小姐你错了，我从不以为我自己帅，而是我本身就很帅。”

“别那么恶心人好吧，我要吐了。”

“在你吐之前，我可以问你个问题吗？”

“有屁快放。”

“你为什么要昧着良心否定我的帅？”

“滚——”

二、公车上

“怎么又是你？”

“有时候，我的确无处不在。”

“你知不知道你很烦人，那么多位置不坐，偏要坐我旁边。”

“小姐，你搞清楚，我只是坐了个空位置，而空位置的旁边，刚好有个你，仅此而已。”

“前面也有个空位置你怎么不去？”

“哦，明白了，原来你是想看我屁股，或者我用屁股看你？”

“快滚——”

三、下了公车

“你为什么又下车？”

“反正不是因为你！我喜欢闲逛。”

“我告你性骚扰，你哪个单位的？”

“你是说斤，还是焦耳、牛顿？”

“我跟你很熟吗？老说这种无厘头的话，对不起，我不感冒！”

“是呀，我们一点都不熟。我们好比一个枝头的两颗青草莓，酸酸的。”

“看了几次《大话西游》，学了唐僧几句话，以为你很幽默吗？”

“幽默是天生的，要怪，你去怪我妈妈。对了，还有我爸爸……”

“神经。”

“你妈神经。”

“你妈神经。”

“你看你，明明是你妈却要硬说成是我妈，莫非你想……”

“给我滚——”

四、KCF 门口

“不会吧，我怎么那么倒霉又遇到你。”

“我也发觉了，我想我前辈子的罪一定很重。”

“你说清楚点！小心我扁你！”

“你敢。我会叫的。”

“叫什么？”

“非礼呀，但不说 ××。”

“你以为会有人理你吗？”

“没有也好，我回来非礼好了。”

“天啦，你这样的无赖都有，真是瞎了老天的眼！”

“嗯，是呀，要不然这世界上也不会存在什么所谓的精英。”

……

五、KFC 里

“别说话，你一说话我就烦。”

“我还没说呀，讲点道理好不好？”

“我都叫你别说了，你说起话来像只苍蝇，恶心死了。”

“哦，本人的话能起到这么大的作用，实在是惊天地、泣鬼神哟，我可以做个兼职哟。”

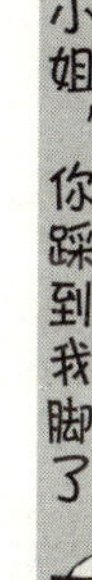

“做什么？”

“去医院帮人洗胃。”

“你没得救了，早点回去料理后事吧。”

“临死前，我没有什么要求，我只想对你说一句话，又怕你不答应。你答应吗？”

“说吧，合理要求可以考虑。”

“这顿 KFC 你请我好吗？”

“去死——”

六、出 KFC

“你没女朋友吗？星期天一个人闲逛？”

“准确地说我没女朋友，但有女性朋友，你问这个干吗？”

“没什么呀，关心你的终身大事，不好吗？”

“好，怎么不好？你好像一个我深爱的人。”

“谁？”

“我老妈。她也老喜欢问这问那。”

“要不是在街上这么多人看着，我真想揍你。”

“我都不怕别人看见你揍我，你怕什么呀？你呢，不陪男朋友吗？”

“不要你管！”

“哦，明白了。被男朋友抛弃了，揍我想找心理平衡。”

“狗嘴里吐不出象牙。明说吧，我不想找。”

“考虑一下我吧，我吃点亏。”

“求你别再恶心我了。”

“我可以无条件充当你的临时演员，如果需要男朋友的时候请打××××××××××。”

“到时候再说。”

“告诉我你的电话好吧？”

“到时候再说。“

“是啊我正要说啊，我是不知道啊，我这就去看一下。为此，我等着你发条信息骂我。”

……

七、各自回家

“奇怪，我真的好想发条信息去骂他。”

“呵呵。她不发信息骂我才奇怪。”

“完蛋了，难道我真的喜欢那个无赖了？”

“嘿嘿，她不喜欢我这个无赖那才叫完蛋。”

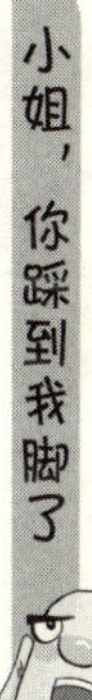

笑不死你，我跳楼 >>>>

卖身，卖身啦……

走在街上，身后传来一个极为苍老女人的声音："卖身，卖身啦……"心里不觉一惊：真是"国将不国"了，什么社会啊，这么老的都出来卖啦！正愤懑着呢，回头一看，一60多岁老妪手拿一红布包，里面露出一棵人参……

三缺一

医院同事打电话到吴医师家："三缺一，快来啦！"

挂完电话后，太太体贴地问："怎么了，这么晚了医院还有事？"

吴医师装出一副很无奈且舍不得的表情说："对啊！是非常危急的病例，已经有三位医师在等了……"

天杀的

一日，某君的老婆生小孩，他急急忙忙跑到医院看望，等了n个小时，产房里传来了哭声，他高兴大喊："我做爸爸了！"这时医生满脸愁容走出来，告诉他，小孩子先天畸形。某君呆在那儿，还没明白什么原因，忽然，产房里传来了他老婆的喊叫："都怪那天杀的，看帖老不回帖，报应呀！"

草帽下有个雀雀

清晨，一老农进城，内急找不着厕所，只好就地蹲下大便，忽见远处一戴红套套的人朝他走来。老农恐被其发现，不知如何是好，情急之中，灵机一动，顺手摘下草帽将大便盖住，手压不放。戴红套套的人走近后问："你在干吗？"

老农："草帽下有个雀雀，你帮我看着，我去买个网袋来装去哄崽。"不等老农转过前面巷道，戴红套套的心急手快，将手顺草帽一边摸了进去……

笑得肚子疼！运动场上的经典对白 >>>>

聪明的教练

一位运动员投篮，连投五次都没有投进。

教练着急了，“太笨了，瞧我的！”他也投五次，还是没进。

“看见了吗？你刚才就是这样投的！”教练说。

马太客气了

“昨天你骑马骑得怎样？”

“还可以，问题是我那匹马太客气了。”

“太客气了？”

“是呀。当骑到一道篱笆时，它让我先过去了！”

鼓励球员

在上半场的足球赛中，球队输得极惨。场上观众走了大半。

下半场比赛即将开始，教练鼓励队员说：“伙计们，加油干！下面的比赛对我们极有利，因为给我们喝倒彩的观众都已经走掉了！”

球迷父子

妈妈向爸爸告状：“你该管管咱们的儿子，你看他的考试卷，问 90 减 45 等于多少，他答等于下半场。”

爸爸对儿子说：“你怎么能这样回答呢？不是还有加时赛吗？”

心不在焉时，干的最牛事 >>>>

1.

我昨天游完泳，直接把后备箱打开，钥匙丢进去，然后关上后备箱……穿着三点式在野外等了一个半小时。 >>>>

2.

有一次煮饭，我淘完米直接把米倒进没放内锅的电饭煲中……后来拿吹风机来吹啊吹…… >>>>

3.

事情就发生在中午，丢人啊！中午打算叫楼下面馆送碗刀削面来吃吃，脑袋也不知道想什么，电话通后，我直接说："您好，麻烦送一碗刀削面。"之后，就听到我妈妈的声音出现："女儿，你中午想吃刀削面啊？"

我妈刚开始还觉得有点莫名其妙，回过神来就大笑。

我当时也愣了下，脸都红了，尴尬啊！ >>>>

4.

第一天上班，有人打电话找经理（女的），我把电话给经理顺便说了一声，"妈，有人找你接电话！" >>>>

5.

戴着眼镜（框式的）洗脸。镜片上一片迷茫…… >>>>

6.

我想着给老妈打电话。领导突然进来，于是我对他说："妈，材料找到了，给你。" >>>>

7. 把钱捏在手里，然后揉成一团，抓在手里，觉得很不舒服，扔了。>>>>

8. 去好朋友家，聊天中，她爸回来，我张嘴就叫“阿姨”。尴尬中，她妈又出现，我张嘴又叫“叔叔”……然后无限怀疑自己的智商。>>>>

9. 我有两件：一次好朋友结婚，头天去她家时，她给我拍了张照片，我当时没看她相机里的照片，回头就忘记这回事；第二天喝喜酒的时候，她拿出相机，我说看看你都拍了些什么照片，翻着照片我就发现有张照片里的人特别像我，脑子里就没反应过来，还傻呼呼地喊人家看有个女孩子长得很像我，等反应过来，觉得自己特傻，怎么会不认得自己的照片？第二件比较惨，骑车快速经过一辆面包车，车门刚好打开——我结实地撞到车门上，惨！>>>>

10. 我最丢脸的一次，洗脚的时候也不知道在想啥，本来要脱袜子的，差点把裤子脱下……>>>>

11. 我从讲台往座位走，一同学的脚伸到过道上，本来想说“请让下”，结果脱口而出“谢谢”。>>>>

12. 有次上 photoshop 课，我一边给男朋友发短信，一边很勇敢地大声对老师喊道：“老公，我的电脑没连上！”

闹快快的教室瞬间安静了 5 秒后，全体大笑。

老师是个 50 多岁的小老头，推着眼镜盯着我瞅。

这个庐山瀑布汗呀！>>>>

13.

给女友家打电话，她爸爸接的，说："喂？"

我硬是顶着她爸的声音回答说："阿姨好，请问 ××× 在吗？"

她爸能同意我们在一起真是奇迹！

>>>>

14.

早上扔垃圾，拿着挺顺手，一路上了公交车，活活坐了一小时，到了公司，下车才发现垃圾袋还在手上——我带着它绕了大半个城市，结果把它扔到写字楼的垃圾箱。

>>>>

15.

某日深夜狂欢结束后回家，一路上不知道在想什么，进了电梯以后就等啊等啊等，好久也没到我家那层楼，心里开始狂汗，难道是电梯出问题了？这会儿也没人在啊，喊救命都没人甩我。同时，鬼电影里面的画面就一张一张地闪过，顿时觉得浑身寒毛竖立。

正要打电话给 BF 叫他来救我，突然发现自己没按楼层，电梯还一直在一楼没动……

>>>>

16.

拿学校饭卡向工行的工作人员取款，那人看了一眼，利索地丢了出来。我又塞回去大声地说"我取钱啊"，他又利索地丢出来，懒散地说卡错了，我讪讪地取回来，又从钱包里拿了一张建行的卡递给他……

>>>>

17.

很小的时候，家里要烧煤，妈妈把煮好的米饭放在厨房，我拿个小铲子弄了一铲子的煤，将盛着米饭的锅盖打开，将煤一下子都倒了进去……#￥%……※×

>>>>

18.

上大学时，我和一群朋友一起吃饭，想着下午的考试，心不在焉。吃完了照例从包里拿纸巾出来擦嘴，无意识地擦了好久。突然发现朋友们都不说话了，看着我，这才发现自己拿着擦嘴的是一个卫生巾！朋友们可是有男有女啊！我当时真不想活了！是护舒宝的丝薄日用。不可理解的是，我还把外面粉色的包装拆了！ >>>>

19.

我有一次早晨起床后吃早点（饼和稀饭），边看新闻边吃。当时，正好播的是我家附近一场事故的报道。我看得特别认真，顺手就把遥控器拿起来啃，还把遥控器套子啃下来一块，狂嚼了半天，吐出来一看，差点没郁闷死。我一直想不明白我是怎么把它啃下来的！ >>>>

20.

有一次旅游，我和女朋友一起去的。当时景区人特多。我顺手就把女友的手拉起来说："老婆，拉紧我。"然后，就感觉女友的手直往下松，我以为她不好意思，便往紧拽。后来，她不走了，我回过头一看，才发现是一个男的。然后，旁边还有一个女的很怪异地看着我。我吓了一身的汗，干笑了几声，红着脸就溜了，郁闷死了。 >>>>

21.

我跑完步气喘吁吁，边喝水边准备离开，结果没按好结束键，跑步机停不下来，我整个人就势滑了出去。杯子里的水也洒了一地，被教练当做反面典型对旁边的人说，千万不要像她一样没停机就下来。好丢脸啊！ >>>>

22.

有一次，我在三楼进了电梯，然后一直按 3 键，还奇怪为什么按不亮。

另外一次是一个同事的。那天同事一边用遥控器开空调，一边让我帮她倒杯水，结合起来使我看到的场景非常诡异：只见她拿遥控器对着我一按，嘴里说：请你帮我倒杯水。

我发誓绝不是角度误差，空调在相反的方向。 >>>>

23.

我去买衣服，到试衣间试衣服。一进去，就脱了上衣，脱了 bra，然后穿衣服，穿上以后觉得怪怪的，看到旁边的 bra，才反应过来。汗。>>>>

24.

一次，我去买热干面，前面有一对情侣正在买。老板问他们要不要放香菜。男的说不要，女的说怎么不要？我就在旁边想：香菜，为什么男的要香菜，女的不要香菜？

想得正出神呢，老板问我：吃什么？

我毫不犹豫地大声答道：香菜！

老板和旁边的那对情侣均不解地看着我。>>>>

25.

家里新买了微波炉，我很兴奋地用它来做鱼。调好时间，调好火候，15 分钟后激动地打开微波炉。晕，什么都没有。鱼还在桌上。我郁闷地再次操作。时间到，没等打开微波炉就发现鱼仍然在桌上。于是，我决定一个星期都不再吃鱼。>>>>

26.

是小学几年级我忘了，有次上自习不认真，就拿剪刀把圆珠笔芯最前面的头给剪了，把笔芯里面的油吹出来玩，然后吹着吹着，就把油给吸嘴里去了。>>>>

新员工到岗与老板的暴强对话，太牛了 >>>>

老板：万分欢迎，没有你，我们的公司肯定大不一样。
职员：如果工作太累，搞不好我会辞职的。
老板：放心，我不会让这样的事情发生的。
职员：我双休日可以休息吗?
老板：当然了，这是底线!
职员：平时会天天加班到凌晨吗?
老板：不可能，谁告诉你的?
职员：有餐费补贴吗?
老板：还用说吗，绝对比同行都高!
职员：有没有工作猝死的风险?
老板：不会！你怎么会有这种念头?
职员：公司会定期组织旅游吗?
老板：这是我们的明文规定。
职员：那我需要准时上班吗?
老板：不，看情况吧。
职员：工资呢？会准时发吗?
老板：一向如此。
职员：事情全是新员工做吗?
老板：怎么可能，你上头还有很多资深同事。
职员：如果领导职位有空缺，我可以参与竞争吗?
老板：毫无疑问，这是我们公司赖以生存的机制。
职员：你不会是在骗我吧?

进入公司后看真实的一幕（从后往前读）

星巴克装B指南

被称为小资三大圣地之一的 STARBUCKS 终于要来武汉了（还有两个是哈根达斯和宜家家居），我怀着激动的心情注视着新世界百货中心店的那个绿色的 coming soon，内心百感交集，只听见一个声音在我的内心激荡，越来越响：这神圣庄严的装 B 时刻终于让我在有生之年赶上啦！

上海的 STARBUCKS 开业的时候，我才大学毕业，面对早我毕业好几年在洋人公司里混了好几年的学长学姐们，我简直无 B 可装。南京 STARBUCKS 开业的时候，我已经在美利奸国见识了 STARBUCKS 就是一小快餐店，回来后动辄以“兄弟我在美国跟几十位百万富翁一起排队买咖啡”开场（因为是学术会议，来的全是美国知名的医生，所以都是百万富翁）。每一个毛孔都冒出对 STARBUCKS 的不屑，以区别自己和 LOCAL 土包子的区别。

不过，我现在已经对装 B 有了全新高度上的认识，用那全系只有我一个人有幸学了两遍的哲学原理的话说：人对事物的认识总是呈现螺旋形的上升状态。装 B 一事对于我，已经成为行为艺术的一种，是艺术！你们懂么？哼！

行为艺术少不了道具，以下是我为大家开具的道具清单：

首先你必须带一本杂志，啥？《读者》？呸，你丫只配去汉口火车站买杯豆浆蹲着喝去。中文的杂志一律 PASS！必须得英文原版的！什么？《Reader’s digest》？我说你有完没完啊？！按照小资圣经——保罗·福塞尔写的那本《格调》（Class）里面所说，连《国家地理》《TIME》之类的杂志都只会暴露出你庸俗的小中产阶级格调，可笑我们还老拿某某上了《TIME》封面说事儿，起码得拿本《Economist》吧，或者，后两个杂志的中文版是可以免费申请赠阅的，一般人我不告诉他！

手机的话怎么也得带个 Iphone，甭管多不好用，版本一律破解成阿拉伯语或者希伯莱语，倍儿有面子，电话响了先说：Bonjour！再说 Guten tag！你要说 Hello 你都不好意思和别人打招呼。

笔记本也得带一个，LV 的，接完电话就掏出万宝龙的钢笔在本子上写啊写的，眉头紧皱做日理万机状。

笔记本电脑也得带上，女的一律用 Imac 或者 Ibook，男的都用 IBM，反正星巴克里面有无线的 WIFI，把什么 BT、电驴全都给开上，把网络宽带占得死死的，这样一来就你一人能上网，叫别人眼红去吧！去之前记得在电脑里把金山词霸给装上，不然英文杂志读不下来啊！

咖啡杯绝不能用店里的，不就一大瓷杯子吗，上爱玛仕（Hermes）的，一千块一个。到了店里收银完了把杯子递过去，跟小姐特客气地说："麻烦您用这个杯子装咖啡，别的杯子我喝不惯……"

咖啡得喝现煮的，最好就和吃火锅一样，放在面前咕嘟咕嘟地冒泡，那才叫一品位。

坐下来先把车钥匙往桌上一扔，不是 BENZ 就是 BMW，最次也得 AUDI，扔的时候得用劲扔，把所有人都吓一跳那种，然后大声地自言自语：这德国货质量就是好，这么用力都摔不坏啊！（友情提示，买不起车，你还买不起钥匙吗，上 TAOBAO 啊！）

着装你可千万别穿西装领带，叫人笑话，要的就是休闲气质，先穿件长袖 POLO 衫，外面再套件长袖灯芯绒衬衫，然后再套件苏格兰格子的呢衬衫，啥叫格调，领子越多越有格调，脚上穿上拖鞋，一看就是永远待在空调房的贵族啊！

再去银行换几十张一美元的零钞，走的时候丢桌上，穿过大厅的时候，就听后面服务员喊："先生您的钱忘记拿了！"要的就是这效果。你就缓缓回头，冲她回眸一笑，说："唉呀，我在美国喝咖啡给小费给习惯了，你就收着吧！"

于是，你就可以在万众仰慕的目光中走出 STARBUCKS，天那么蓝，空气那么清新，这是一次多么完美的装 B 行动啊！

学生口误大全（千万不要偷着乐）

1.

小学班会最后一项是齐唱队歌《我们是共产主义接班人》。老师让班长起头。班长清清嗓子，突然高歌一句："我们是人——（还拉长音）"

全班笑得连下课铃都没听见。

2.

家里的鱼死了，浮到水面，我大叫："爸爸浮上来了！！！"

3.

上周末在华联门前，有一个学生模样的人要我同学捐款献爱心。我同学的口袋里正好只有100元的票子，一点零钱也没有了，于是，她脱口而出——"真是对不起，我实在是一点爱心也没有了！"（本来想说零钱没有了的。）

4.

小学生到部队慰问演出，辅导员要宣读一封信。大概看见台下乌压压一群人，所以脑子一热，把"尊敬的各位领导"说成"尊敬的各位烈士"。

5.

以前，和我一同学讨论三国的时候，我问三国里武将他最喜欢谁，他站起来来了一句："人中赤兔，马中吕布，你没听过吗？"

6.

回家的路上，我看到一个小摊子卖小乌龟，旁边还竖了块小黑板来招揽生意。只听我同学认真地对着小黑板念道："巴——西——小——彩——电！"晕……明明是巴西小彩龟呀。

>>>>

7.

大学时，同学们一起去川菜馆腐败，点菜时要了一份儿猪头肉，讲了半天，服务员小姐都不能理解。一同学就笑着用手指着自己的脑袋，对着服务员小姐说："喏，猪头肉！"小姐："哦……明白了。"从此，此君绰号"猪头肉"。

>>>>

8.

初中的时候，有一次，考试结束前，老师说："请同学们将桌子放在试卷上，就可以出去了。"我狂笑不已，半天，老师和其他同学才反应过来。

>>>>

9.

有一次我和朋友逛街，边走边聊说得老兴奋了，结果踩到了一个阿姨。我本来想说"对不起！对不起！"结果说成了"谢谢你！谢谢你！"然后边聊边走开了……

>>>>

10.

我们寝室一姐们儿也经常犯这类错误，因为她是学中文的，所以说出来的都是四个字。她最经典的是"跳杀自楼"，还有"上骗受当"。

>>>>

11.

高中的时候，我们班主任说过："有的同学考数学竟敢不拿尺子，万一人家出题目让你给三角形画对角线，我看你怎么办！"

三角形的对角线？！

>>>>

12.

上大学的时候，我去衡山玩，当时爬山爬了一半，累得正想歇会儿，看到路边有个卖纪念品的欧巴桑，上去开口就问："老婆……" >>>>

13.

一次清早上班，单位的几位职工和老总一起进了电梯。其中一位处长看着老总疲惫的脸庞讨好地说："老总，你每天都这样日机（鸡）万理，太辛苦了！"（应该是日理万机）结果，办公大楼里笑声响了一天。 >>>>

14.

我以前脸上总是长有痘痘，医学上叫做痤疮。我想到医院去看看，拿着挂号单对医生说："医生，麻烦你帮我看看，我脸上有痔疮！"

医生当时口眼歪斜，嘴巴张了半天说不出话来，旁边看病的人全倒了！ >>>>

15.

飞机降落的时候。听见空姐用很温柔的口气说了这么一句话："厕所正在下降，请勿上飞机！"（应该是："飞机正在下降，请勿上厕所"。） >>>>

16.

高中要求穿校服，但我们男生有时候只穿校服上衣。有一次集合，同学们校服穿得不整齐。班主任大怒："没穿裤子的都给我站出来！" >>>>

17.

记得初中的时候，我们到江边玩（长江），突然有条水蛇游到岸边，MM 在旁边脸色大变，嘴里丢出句："好蛇一条长啊！" >>>>

18.

咱们玩老鸡捉小鹰吧。 >>>>

19.

上高中的时候，班主任教地理，有次上课讲我国的矿产，讲到输煤管道，我们老师说“我国的输精管……”趴在桌上睡觉的全部“刷”地坐直了。>>>>

20.

有一次，俺去吃饺子，老板说有5块的，6块的，10块的，问俺要哪种。

俺一脱口就说：6块的多少钱?

老板巨汗……当时我脸暴红。

其实我想问6块的是几个。>>>>

21.

朋友的高中数学老师上课讲直角坐标系，学生问：“为什么要这么建直角坐标?”

老师：“我就这么贱（建），我就想这么贱（建）。”>>>>

22.

大一上VB课时，一同学机子上没安VB软件，她突然举手大喊：“老师，老师，我的QQ打不开！”>>>>

23.

我有一同学是双胞胎，他是哥哥，然后另外一个傻蛋同学居然问他：“你弟弟比你大还是比你小?”边上几个同学立即呆住，随后是一阵爆笑。>>>>

24.

上高中那会儿，有一次，学校老师要求女生第二天穿校服到学校有活动。第二天天气不好，女生都是带着校服去学校的。部分男生没穿够衣服觉得冷就借穿了女生的校服。数学老师上课看了说：“男生把女生的衣服都脱下来。”……

全班无语，接着爆笑10分钟。>>>>

25.

上次和朋友吃饭，点了五个菜，一个凉的四个热的。等了好久，菜都没上，朋友就问："我们点了几个菜啊？"偶脱口而出："四个冷的一个凉的。"

>>>>

26.

啊，空调里面还有电梯！

>>>>

27.

高考体检时，有一同学高度近视。于是，他就把那写满 E 的测试表背了下来，但是还是没有通过。我们问他怎么回事，他说："我看不清医生的那根指挥棒在哪儿。"我当场晕倒。

>>>>

28.

上次，我蹲完坑回寝室，刚跨进寝室门就听到寝室同学说："真想尝尝死（屎）的味道。"（当时他在看电影。）

我马上回答说："你不早说，我刚刚冲了。"

>>>>

29.

我们寝室的老大曾经说过：打药吃针。

>>>>

30.

有次在网吧包夜，在玩 CS 死后，我突然喊了句，"MD 拣了把没枪的子弹"，被网吧人笑死了……

>>>>

31.

一次，一哥们儿去买肉夹馍，开口对老板讲："老板，给我来俩肉的。"边上的小姑娘憋得脸通红，没敢笑。

>>>>

32.

还有一次，一哥们儿问我中午吃的是什么。我说吃的是米线，他问多少钱，我说有大小碗之分，分别介绍价钱之后，那哥们儿来这么一句："大碗大还是小碗大？"

>>>>

33.

初中时，班主任巨 BT。要求我们每个人带塑料带装自己的垃圾。一日中午，班主任回来见教室脏，站在讲台上大声说："把你们的手榴弹都拿出来！"全班巨汗，鸦雀无声……

>>>>

34.

高中时有个数学老师，曾经讲过："虽然这种解法不很严密，但在考试时，大家如果会用这种方法，未尝不是一件坏事。"

>>>>

35.

初中时夏天天热，有男生在教室最后一排光膀子，结果化学老师一进屋厉色道："你们男生女生的都不许给我光膀子！"

全班爆笑。

>>>>

36.

有一次在大夏天坐双层巴士，乘务员拿着麦克喊："天多人热，大家都别挤在门口！"说完自己想了想不对，改口喊："人热天多，大家都别挤在门口！"

>>>>

37.

高中的时候，有 AB 二人。

A 蒙住 B 的眼睛问道："猜猜我是谁？"

B 说："我猜到了！"

A 又说："啊，你猜对了。"

遂拿开手走开。

>>>>

38.

偶在学校饭厅用餐，打了个菜是清炒黄瓜。我发现黄瓜不新鲜了有点黄，就说："师傅，黄瓜怎么发黄了啊？"师傅大声说："同学，难道黄瓜还是绿的？！"偶无语。

>>>>

39.

记得在上高中时，饮水机刚流行，学校为了创名声决定给每个班级配备一台。那天班主任（男）急匆匆走进班里高兴地说："同学们，我们班的饮水机到了。"一同学顺口问了一句："什么牌子？"老师答："安尔乐。"当时我们那个汗啊……后来，我们知道了那个饮水机是"安吉尔"的。

>>>>

40.

记得有一次，我和同事们在办公室里说某某某像农民，土土的，憨憨的，很可爱。大家都说是的是的，像农民像农民。突然，电话响了。接电话的同事居然说："喂，你好，农民！"

>>>>

41.

某日我在宿舍看《穆斯林的葬礼》。同学问："看什么书这么入迷？"说着抢了过去，读："《斯大林的葬礼》。"我顿时笑翻。还没等我笑完，他又说："嘿，嘿，作者是雷达（霍达）。"唉，那时我们正好在学雷达避碰课，笑得我肚子都疼了。

>>>>

42.

我小时候写的作文中有："我们的生活是解放军叔叔用鲜血换来的。"结果我起来朗诵的时候，读成了："我们的生活是解放军叔叔用鲜鱼换来的……"

>>>>

43.

有一个学生把课文中"王二小把敌人带进了八路军的埋伏圈"读成"王二小把八路军带进了敌人的埋伏圈"……

>>>>

44.

我妈妈有颈椎病，天天往脖子上抹药。有一天我问她：“你药（要）抹脖子了吗？”妈妈瞪着眼睛看着我，不解地说：“我还没有打算自杀！”>>>>

45.

上次和朋友一起出去，正好在路上的一个商店橱窗前看到前天单位活动抽奖，我中的那个麦兜儿（粉红猪）。我就在公交车里对着朋友说：“快看，我就是那只粉红的大猪。”其实想说我昨天拿的奖品就是那只猪，一激动，害得公交车上人人都看着我。>>>>

46.

记得上学时，开运动会，我们班的女生没有人报名。我们的体育委员（男生）很是着急，拿着报名表在全班宣布：“告诉你们，女生听清楚了，再不报名，就强报（强制报名）。”女生愤怒。>>>>

47.

有一次，我妈的同学来我家吃饭，吃完了一碗，我妈要给她再盛。她说：“您别给我盛了，我不够……”>>>>

48.

有一次，偶给偶同学打电话，对方拿起电话喂了一声。我突然忘记自己是给谁打的电话了，嗯了半天冒了一句：“你是谁？”>>>>

49.

朋友聚会，闲聊中说到某人伤心“眼泪一红，眼圈掉了下来”，全场无人反应过来，事后回家笑倒。>>>>

50.

有一次，我看上海电视台的“早安上海”栏目，那个主持人脱口而出说：广告之后，不要回来。看来广告是挺让人烦的，连主持人都受不了了。>>>>

51.

小学还不大认字的时候，我的同桌把“神机妙算”写成“神鸡（机）炒蒜（算）”了。

>>>>

52.

小学时，老师叫一男生背诗，结果他一急，背成了“朱门酒肉臭，路有冻死狗（骨）”。全班笑疯了。

>>>>

53.

还有一次，冬天晚上睡觉，大概电热毯温度太高了，我就对同学说：“喂，你把电热毯开到保鲜那一档。”

>>>>

54.

美国打伊拉克那阵子，我和同学要返校。他妈妈说：“火车太慢了，你俩坐伊拉克（依维克）的车吧。”我俩当场晕倒。

>>>>

55.

年初，我们一帮人到外地去走亲戚，坐的是依维克的车。回来的时候，车在上高速之前在路边停了一会儿。有几个人以为是长途车，凑过来问。车上靠窗坐的一位喊：“这不是拉人的车，这不是拉人的车！”暴汗。

>>>>

56.

去买“脉动”饮料。

“老板，来瓶‘动脉’。”

>>>>

57.

小时候唱歌：“帝国主义夹着尾巴逃跑了。全国人民大团结。”

我唱：“全国人民夹着尾巴逃跑了。”

全班哄堂。

>>>>

58.

那天，我刚进办公室，一女同事冲我大叫："小王，买报纸了吗，快让我看看今天的房事专刊。"我当场晕倒，就算大家整天谈论"房子房子"的，你也不能把"楼事专刊"念成"房事专刊"呀！

59.

高中上英语课时，老师要我翻译一句英文是：一枝箭呼啸着从我耳边飞过。我把"箭"这个单词和"麻雀"搞混了，所以翻译过来变成了：一只麻雀吹着口哨从我耳边飞过。于是，全班笑翻，一节课都没上好。

60.

上初三的时候，有个化学老师长得挺漂亮的。有一天，讲氧气排水法，她把"导气管"说成"导屁管"，全班爆笑。

61.

邻班语文老师讲语文选择题："同学们，为什么不选 a 啊，对，因为 a 不对；为什么不选 b 啊，对，因为 b 不对；为什么不选 c 啊，对，因为 c 不对。所以这道题应该选？"同学齐声高喊 d。"对，我们讲下一道题。"

62.

室友管我要芝麻糊喝，说："黑的徐芝麻糊呢？"（我姓徐。）

63.

室友一晚上都在找她的面膜，最后大家讨论去北大吃鸡翅时，另一位室友喊："我要去北大吃面膜！"

64.

和室友去吃涮锅，走到店门口，室友看着店名念："刷刷吧？"（店名是"涮涮吧"。）

65.

冰心的《小桔灯》里面的“一瓤一瓤的桔瓣”，同学念“一瓢一瓢的桔瓣”……

>>>>

66.

刑法老师讲案例的时候说：“当时，血这叫一个流啊，从一楼流到二楼，简直是血流成河……”

>>>>

67.

还是刑法老师的案例课，他说：“那人要挟受害人，烧你的房子，炸你的肠子……”（我觉得他想说厂子。）

>>>>

68.

我以前的数学老师有一次在上课的时候，一边画图一边说：“这是 X 轴，这是 Y 轴，我在这儿放一个 P……”

>>>>

69.

上次我找老师请假。

结果一开口：“老师，我想请客……”

>>>>

一个MM和各路神仙的暴强对话

MM：菩萨，您大慈大悲，请您告诉我，我什么时候才能找到老公?
菩萨：天机不可泄露，冥冥之中自有定数。
MM：靠！您这不是废话吗?
菩萨：呸！我要知道，我还出家?

MM：斗战胜佛，您当初为什么选择保唐僧取经?
孙悟空：还不是为了搞到学历！
MM：学历真的那么重要?
孙悟空：我一个在五指山服刑的流氓，现在成了斗战胜佛，你说重要不?

MM：女娲娘娘，您为什么造人?
女娲：天漏了，我好不容易补上，不造些人，我找谁收维修费去?
MM：那您为什么把人分男女?
女娲：我本身不男不女，我想知道男和女哪个厉害些。
MM：结果呢?
女娲：我又补了一回天。

MM：后羿，您当年为什么射日?
后羿：有人付钱。
MM：为什么留下一个?
后羿：他们只付了9个的钱！
MM：为什么单单留下这个?
后羿：它也付了钱！

MM：织女，您为什么下嫁给董永?
织女：为了爱情！

MM：单单是这个原因?

织女：这……

MM：还因为别的什么?

织女：他有房子!

MM：净坛使者，你为什么喜欢高月娥?

猪八戒：她漂亮。

MM：那现在为什么不和她来往?

猪八戒：老子现在是公务员!

MM：万能的佛祖，佛理的精髓是什么?

如来：慈悲为怀。

MM：那寺院养武僧干什么?

如来：别人对我不慈悲为怀。

MM：那武僧打人杀人又做何解释?

如来：奶奶的！老子兄弟多、有钱、够狠！顺我者昌，逆我者亡！谁敢欺负我的兄弟我就打丫的!

MM：您……怎么如此粗俗?

如来:阿弥陀佛！咳咳……我是说:佛家广结善缘，惩恶扬善，因果报应，普渡众生!

MM：姜太公，您当年为什么封神?

姜子牙：替天行道，奉天呈运!

MM：但最后怎么没了您自己的位置!

姜子牙：我故意的。

MM：为什么？舍己为人?

姜子牙：屁！我封神时受贿太多，不如早早退居二线，免得麻烦!

MM：玉皇大帝！当年唐僧取经，为什么有那么多神仙或家属下界为妖?

玉皇大帝：天宫待得太久，收入又低，难免有几个下海的。

MM：后来都处分了吗?

玉皇大帝：都处分了，有的判了刑，有的严重警告以观后效。

MM：大家犯的错误都差不多，为什么判罚如此悬殊?
玉皇大帝：凡严重警告的都是官员。

MM：阎罗老爷，你为什么要让人下地狱呢?
阎罗王：谁让那些家伙老在书店看笑话，只看不买呢!

一个MM和各路神仙的暴强对话

一个光棍的呐喊……太他妈的有才了 >>>>

汽车渴望公路
花草渴望雨露
太监迫切渴望着雄性激素
灵魂渴望超度
心灵渴望归宿
而我则迫切渴望有个媳妇
众里寻她千百度
踏平脚下路
蓦然回首细环顾
大婶大娘无数
偶有美女光顾
还是有夫之妇
余下大多数
基本不堪入目
时间犹如脱兔
匆匆不肯停步
转眼就把我拖到了该当爹妈的岁数
然而上天却挺可恶
对我不管不顾
把我培养得庸庸碌碌
难以获得小女的爱慕
我曾向月老求助
求他将我单身的生涯结束
而他给予我的眷顾
竟是接踵而至的恶女和怨妇
比起她们的飞扬跋扈

以及对我精神上的无情屠戮
我更愿意选择让步
甘心走向黄泉之路
无助，无助
其实我并非一无是处
我有很多优点可以列举陈述
但我不知道是什么缘故
我竟无法得到别人的敬仰拥护
我的爱心彰明较著
最最热心公益捐助
为了祖国福利和体育事业的长足进步
我不知疲倦地奔波于体彩和福彩中心投注
为了向世人体现优越的小康生活程度
我毅然决然地增加了喝酒的次数
终于练出了代表富足的啤酒肚
我还坚持为人民服务
用我最大的热情为别人提供帮助
为了让我这片心意落到实处
我硬是把不愿过去的大娘也搀过了马路
而我得到赞扬却远远少于挨骂的次数
我不明白我的努力换来的为何只是不屑一顾甚至还有愤怒
是因为我过人的天赋
让他们相形见绌
还是我高尚的品格和气度
让他们产生了深深的嫉妒
我的优秀并没有让我自负
更没有因为自己的伟大而恃才傲物
本以为这样才能有女孩对我暗生情愫
谁知我等到现在也还没有一点迹象和眉目
其实要把女人比作猎物
我则是一个迷茫的猎户
因为我实在是不懂狩猎的技术

该跟着群雄逐鹿
还是该继续着守株待兔
思考了很久没有整理出一条清晰思路
也许这便也成了我的桎梏
成了我无法得到爱情的又一大因素
或许曾经的某次时机被我奢侈地贻误
造成了现在的万劫不复
咱们这个国度
人口资源丰富
但为何娶不到老婆的男人还是不计其数
是因为封建思想的约束
打乱了男女的比例和数目
还是因社会的退步
又重新开始了一夫多妻的制度
有时想想也他妈真的愤怒
你说凭啥大款就可以包养 N 个情妇
难道只为着权利和财富
就可以不受道德的约束
并置我们光棍于不顾
抢占着资源无数
怪也怪女人们过于世故
对金钱和地位趋之若骛
只知道花园洋房和别墅
早把真情的概念颠覆
冲动时我真情愿变成动物
听凭主人的吩咐
不用感受做人的无助
或者干脆来个移花接木
彻底地做个变性手术
跑到人群中滥竽充数
也好让同胞们多一条可以选择的出路
街上的婚介星罗棋布

我也幻想着他们能帮我打开销路
然而最终的结果是让我明白了什么叫认贼做父
并被婚托儿们榨干了我几年的收入
吃不着猪蹄儿能看看猪跑也算对我心灵失衡的平复
所以能看到美女的繁华地段成了我最爱的去处
每当看着她们迈着款款的猫步
在我的视线里出出入入
我总是能感受到久违了的心跳并顺便痛心一下她们已为人妇
现实的打击让我鸡肠小肚
我最看不惯情侣们当众亲密过度
只要看到有人稍越半步
我就会上前阻止并提醒他们病从口入
结果自然不必概述
我经常会体验到肢体语言的丰富
尽管如此我也并没有减少对此事的关注
反而更觉得有必要加大宣传的攻势和力度
没有爱的倾注
我如涸辙之鲋
这样的生活确实很难让我安之若素
看着朋友们已为人父
小生活过得美满和睦
我又何尝不是深深地羡慕
并渴望着感情上的脱贫致富
都说男儿有泪不扑簌
但那绝对是未到伤心之处
有谁知道泪水已经多少次模糊了我心灵的窗户
况且咱都是沧海一粟
凭啥我就不能在爱情的海岸登陆
只能一口一口地吃着干醋
被动地尽着晚婚晚育的义务
人生本来就如此短促
我又怎能这样默默地虚度

为了尽快给自己找个归宿
我决心不择手段地全力以赴
错误，错误
这种想法最终成了我难逃的劫数
没想到我一时地慌不择路
竟上演了那样惨绝人寰的一幕
那是我走投无路
勾引了有夫之妇
谁知道罪行败露
被人家当场抓住
只后悔不会武术
没能够杀出血路
无奈地任人摆布
惨遭了打击报复
他们恼羞成怒
打得义无反顾
片刀循环往复
板砖频繁招呼
我浑身血流如注
两腿还不住抽搐
走错那罪恶一步
差点就死不瞑目
KB，KB
真庆幸我还能把命保住
那场自导自演的前圜之覆
带给了我贼深，贼深的感触
往事历历在目
我此刻一一追溯
经历了苦痛挣扎的觉悟
终于上升到了前所未有的高度
向世间情为何物
我算是大彻大悟

感情上的事儿看来还真不能过于盲目
是你的挡不住
不是你的留不住
别人的老婆就是再好也不能轻易接触
有道是皮之不存毛将焉附
我要是 OVER 了还上哪儿去找我的贤内助
更何况人生短促
还有很多东西值得我们珍惜和呵护
爱情光环固然炫目
也毕竟不是生命的全部
岁月的痕迹无孔不入
没有爱情的皮囊苍老得更迅速
看着我那蒸汽熨斗都已无法熨平的面部
真不知还有谁向我将她的终身托付
等待着等待到行将就木
持续着持续到人生落幕
盼望吧盼望着解决光棍待遇的法规早日颁布
但愿啊但愿我首先踏入的能够是婚姻的坟墓

床下的小白箱

男孩和女孩终于结婚了。好久，宾客们才走。两人在床上聊了好久。熄灯前，男孩一本正经地说："我可以答应你任何事，但你也必须答应我一件事。"女孩柔声道："你先说来听听。"男孩欲言又止。过了一会儿，男孩说："你什么都可以碰，但床下的小白箱你要发誓永远都不许打开。"

女孩心中一紧，"难道他有什么瞒着我？不对啊，他的工资卡，银行卡，保险卡，现金……都在我这儿，能有什么啊？"于是，女孩满口答应。男孩喜出望外，感激地说："放心吧，我会对你好一辈子的。"

事实也是这样，男的勤奋工作，养家糊口。近10年来，男的有了自己的公司。生意也越做越大，不过回家的次数也少了不少。男的还是有点怕老婆，和原来没什么两样。

结婚10周年纪念日时，女的打电话给丈夫，让他一定回家吃饭。为此，女的还学会了做几个新菜。女孩又买了几瓶红葡萄酒。在等他回家时，女孩自己先喝了。恍惚间，仿佛又回到了从前，忽然她想起了箱子。借着酒劲，她打开了箱子，虽然他知道后一定很生气。令她惊讶的是，箱子里除了200元钱和4个啤酒瓶外一无他物。这……这怎么回事?

男人回家了，女的赶忙向他认错。谁知男的却有点不好意思，他说："其实早该告诉你了，可我怕，唉，算了。""你一定有事瞒着我。"女孩立刻倒了杯酒给他。俗话说得好，酒后吐真言！几杯酒下肚，男的有点迷糊了："亲爱的，我说……说过要……要对你好，可，可我怕，我怕我管不住……自己，所以我只要有一回……一回对不起你，我就放一个啤酒瓶在箱子里。"

啊，女的失声哭了。没想到啊没想到，你竟然……哭了好久，女孩原谅了他。10年才4次外遇，毕竟他还是要这个家的，擦了擦眼泪，女的心中还有疑问，"那……那200元钱是怎么回事？"

"嘿嘿，"男的得意地笑了，"箱子装满了，我就把啤酒瓶卖了，那是卖酒瓶得的钱。"

一个农村小姑娘的爆笑麻辣作文

近日下乡，在一地处高山的乡村农户家小住，闲翻这家小姑娘的作文本，无意间发现诸多幽默句子，让人忍俊不禁，回味再三，又突然觉出一丝伤感。边远农村教育状况不佳，需要得到更多社会关注。不然，闹笑话的就不只是小姑娘了。

1.

表哥对我说，杀猪杀屁股，各有各的刀法。我想也是，有人杀脚，有人杀手。电影中杀手好像是一种找钱的工作。（老师批语：这杀手算名词活用，还是乱用？）

2.

今天起早，妈妈就到田里去了。田野上不见一个人，只有一头猪在慢慢快跑。（老师批语，你妈和猪是啥关系，还是你眼神不好？“慢慢快跑”是什么跑法？）

3.

隔壁的王大妈，太热心热肠了，有时说起话来却没心没肺。（老师批语：词汇丰富。）

4.

我妈说，家里没有闲钱供我上学了，等我能识一些字后，就去找钱打工。（批语：找路费去打工吧，这种省略不好，要么是倒装？）

5.

村头王叔的大女儿听说在广州给人当小老婆，回来就修起了洋房子，不知为什么当小老婆能这样挣钱，如果我们老师也去当一回，我们就不用住破房子了。（老师批语：小老婆不如大老婆好，从小要有是非观念！）

>>>>

6.

上次在镇上第一次上网，网上说女人做鸡不好，但我想男人做鸡更不好，不能下蛋。（老师批语：彼鸡不是此鸡，以后会明白。）

>>>>

7.

太阳像个刚出锅的烧饼，热腾腾地直冒热气，惹得我直吞口水。（老师批语：夸大其词了吧？）

>>>>

8.

后座的那个讨厌的男生真可恶，老拿手在后面踢我，还给我塞一些奶糖，说是他在城里工作的叔叔带回来的。但有一次，我发现嘴里的糖块是我自己的橡皮擦，被他肢解了放在里面。（老师批语：比较生动，但手脚不分）

>>>>

9.

我爸趁我们睡着了，就对我妈耍流氓，我听见我妈骂他：死砍脑壳的！（老师批语：睡着了还能听见吗？）

>>>>

10.

老师讲雨是云变的，我想女人也是云变的，老下雨。（老师批语：有灵性）

>>>>

11.

我们学校修了新房子，我们都感到成了新人。真喜欢那个大操场，至少可以容纳50头水牛。（老师批语："新人"有专门的意思，操场是让人搞活动的，不是给牛修的。）

>>>>

12.

奶奶上次从城里回来，说在电视上看到许多人争一个球，打得火起，为什么不一人发一个？我也觉得很好笑，但奶奶没文化也没见识，现在我们国家还穷，一人发一个太浪费了。（老师批语：你奶奶可以理解，你不可原谅！）

>>>>

13.

老师今天给我们讲，要趁年轻，加倍努力。是的，这个时代有人趁年轻多吃饭，有人趁年轻找个好男人，也有的人趁着年轻犯罪，不然死了就偷不了抢不了了。（老师批语：什么逻辑？狗屁不通！）

>>>>

14.

今天，老师专门给我们谈了早恋的事。反正我不想早恋，要早恋我还等到现在？（老师批语：你多大了，说这样的话？）

>>>>

15.

我看一本杂志上说，恋爱是美丽的，但早恋就像吃青果，味道有些涩，还让守园子的人不好交代。给我们村守果园的老人从来不让我们进去，但有一次，我看见他自己偷园子里的青果子吃，所以说，青果子也诱人。（老师批语：方向基本正确，但越说越不像话！）

>>>>

一句话的四大名著

红楼：这一块纷纷扰扰的石头
三国：这一批兵荒马乱下的足智多谋又无力回天的人
水浒：生命中不能承受之盔甲
西游：把热闹跌坐成永不死亡的寂静

红楼：红楼正好对青灯，意象绝美
三国：滚滚长江东逝水，渔樵喜相逢
水浒：英雄泪，有泪如倾
西游：这么晚了，你还要到哪里去呢？

红楼：我觉得它们十四五岁一帮青少年生活很空虚，可以怪社会
三国：只有零星记忆，我喜欢里头的周瑜
水浒：很烦，坏人老是把宋江放走
西游：《西游记》就是好看，《西游记》最小儿无赖了

红楼：心比天高命比纸薄
三国：滚滚长江东逝水
水浒：少不读
西游：五百年了，我问苍生，你问鬼神

红楼：闭嘴
水浒：人性的力量和漠视人性的力量
三国：最适合做填空题的名著
西游：噱头比故事更吸引我

红楼：美中不足今方信，如花美眷空蹉跎

三国：是非成败转头空

水浒：热血枯，热泪干，热情空

西游：记得当时年纪小，你爱谈天我爱笑；午倦抛书岁月长，醒来方知梦成空

红楼梦：就像一件编织精巧的毛衣，那些文字都摆在那里，清清楚楚，可你还是看不清它的背后用了什么样的隐秘针法。就算你学会了这些针法，有没有体力织出同样精美的一件毛衣，则是另一个重要问题。

三国：每一个读者，都以自己的人生，在历史的虚与实之间，参与着属于自己的那部《三国》的构建。

水浒：江湖的快意其实一点也不让人快乐。人在，欲就在，处江湖之远也无法逃脱人性的种种。

西游记：想象力的一次重大突破，但随后却是令人厌倦的故事的批量复制，酷似当今的系列肥皂喜剧。

红楼：情感是人生最大的悲剧

三国：男人要生存，不能没智慧

水浒：权弄害人，体制害人

西游：古代狂想曲

红楼：古典的情绪，现在没劲

三国：一年用不了一次啊

水浒：农民起义，永远都成不了事

西游：我喜欢大话西游

红楼：大观园儿女情长

三国：魏蜀吴天下归一

水浒：梁山泊英豪草寇

西游：雷音寺佛前同化

红楼：烦不胜烦

三国：烦不胜烦

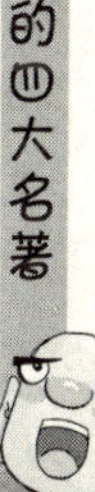

水浒：烦不胜烦
西游：烦不胜烦

红楼：一人得道，鸡犬升天
三国：乱世出英雄
水浒：中国人的劣根性作祟
西游：纯粹的胡说，愚民政策的典范教材

红楼：千红一哭，万艳同悲
三国：世无英雄，遂成竖子之名
水浒：造反就造到底吧，千万不要一边暴动一边想着洗心革面
西游：孙猴子是我的老祖宗啊，也是我的偶像啊，自由和力量的象征

红楼：没看，景仰得很
三国：耐读，从来挑着看
水浒：经典，只是一些短篇
西游：浪漫的旅行，曾心怀向往

红楼：惆怅旧欢如梦
三国：一将功成万骨枯
水浒：生命如幻觉
西游：弱肉强食

红楼：顽劣可感
三国：温凉天下
水浒：义对礼的皈依
西游：无情即是慈悲

红楼：一个花圃里的各样花草繁衰现象和规律
三国：动物争食技巧描述
水浒：理想与现实的距离
西游：怪力乱神中人性的弘扬或泯灭

红楼：最小资的书，却又被小资们唾弃
三国：《孙子兵法》高级将领的实战演习
水浒：二三流将领的工作生活画卷
西游：和其他三本书有殊途同归的“教育”意义

红楼：世事无常
三国：胜者王侯败者贼，三国让我有种无对无错，一切以武力胜的感觉
水浒：一点好感都没有，觉得就是杀人如麻，我怀疑作者本身是愤世嫉俗的性格，炮制这样一个水浒出来
西游：没有感觉

红楼：大家族的感情生活
三国：合久必分，分久必合
水浒：农民起义不应以被招安结束，草莽之中亦逍遥
西游：降魔是佛的本性

红楼：千头万绪正在纷繁好看时没了结果
三国：红脸的讨厌白脸的倒有几分可爱
水浒：情理之中但是不太有趣
西游：不喜欢

红楼：说不出来
三国：打仗（冷兵器时代）是件有趣的事
水浒：人物刻画得真他妈的好，就想一口气看完
西游：偶实在看不下去

红楼：最好的语文教科书也会过时
三国：构成我十岁之前对古代中国几乎一半的印象
水浒：我对男生打架没兴趣
西游：我喜欢（此处省略五个波浪符）

红楼：适合二十岁以前看的书

三国：杨慎的《临江仙》可概括

水浒：……

西游：……

红楼：我猜中了故事的开头，却没猜中故事的结局

三国：为啥关、张、赵、诸葛贪上这么个主子呢？——“出来混，跟哪个老大很重要！跟我傻强算是你跟对人了！”

水浒：怎一个乱字了得！

西游：别跟我说《西游记》是反权威反霸权的，我TMD不信。他就是一神话故事，就是七岁前妈妈每天睡前给我讲的故事！

红楼：看过红楼我就死了写东西的心了（镜花水月的存在主义）

西游：从来都是事情改变人，人不能改变事情（进化论）

水浒：不好意思没看完

三国：不好意思没看过

红楼：我爱林黛玉

西游：我爱猪八戒

水浒：我爱李师师

三国：我爱赵子龙

红楼：出来混，总是要还的

三国：唯一拥有的只有忧患

水浒：黑社会其实是一个很有前途的职业

西游：反恐是永久的话题

一句话噎死人的经典

老婆特爱吃水果，一次和老婆往家走，老婆非要买几斤苹果带回去。我说别买了，家里不是还有橘子吗。老婆回了一句特噎人："橘子能吃出苹果味儿来吗？！"

和同学走在街上，发现地上不知谁掉了一毛钱硬币，同学把它拾起来。我笑他说："丢不丢人？一毛钱你也捡。"同学回了一句："这一毛钱要是买'毒鼠强'，够毒翻你好几回的！"

一次跟单位的一个老大哥聊天，谈到歌星，我问他："周杰伦你应该知道吧？"老大哥摇了摇头说："不太熟，没跟他喝过酒。"我无语。

上学时，有一次生活费花超支了，便向同寝室的学友借钱，我的同学没说借不借，朝我笑了笑问我说："你看我的脸干净吗？"我仔细看了看说："没脏，挺干净的。"同学笑着说："我的兜比脸还干净。"

一次看球赛，曼联赢了一场比赛，乐得我手舞足蹈，老婆很不理解地说："干吗呀？至于吗？"我说："我兴奋！"老婆毫无表情地看了看我说："什么时候改姓了？"

我家住的小区有俩拾垃圾的，常因为争夺废品发生口角。早上出门顺便扔垃圾袋，保证是你还没走到垃圾箱，就有其中一个迎上来从你手中接下垃圾袋，甚至你手里拎着还没喝完的饮料瓶，他都会抢上前去问你："你还要不要了？"特讨人厌。一次我和邻居路过他们的地盘，上来一位指着邻居手里还没喝完的可乐瓶子问："还要不要了？"我邻居两眼一瞪，说："你说你的脸啊？！"那位灰溜溜地就走了。

表妹失恋，老婆和我去她家看她，她正在发脾气，一张一张地撕纸，遍地纸屑。我说:“不至于吧,纸又没招你,挺好的东西你撕它干吗？多浪费呀！”表妹白了我一眼说：“有你的股份啊。”

和好朋友聊天，从过去谈到现在，惋惜当初不用功上学，没有为今天的工作创造良好的环境。我感叹到：“下辈子我一定要好好读书，再也不能这么庸庸碌碌地活着！”朋友撇了撇嘴说：“切！下辈子没准儿你托生成狗哪。”一句话噎得我半天没上来气儿。

我们在一个女同学家聚会，吃饭的时候，发现她家的墙上挂着一双草鞋，于是，我们就问起来历。她深情地说：“这是我爷爷当年爬雪山过草地时穿过的，他临终前就传给了我。”正在我们深深缅怀这位老一辈革命家的时候，一同学从饭碗中抬起头来说：“他为什么留给你？你俩脚一样大啊？”

有一次去表姐家做客，9 岁的小外甥正在做数学题，表姐在旁边说：“这孩子笨得要命，同样的题，换个方法问就不会了。”小外甥在那儿气乎乎地说：“这能怨我吗？遗传基因不好！”

其实我说话也挺噎人的，家里有两个切菜板，一个专用于切蔬菜水果，一个专用于切肉类。老婆总分不清，经常用切肉类的菜板切水果。我批评她，她还不服气，说：“那怕什么呀？！我每次用完都洗干净的。”我说：“该是什么东西就必须干什么用，我买个痰盂天天给你盛饭吃你干吗？我保证干净！”

一美女莫名晕倒，遭七男人强行拖入森林>>>>

一天，中国的一家小影院放映一片子。

广告文宣写道："七个男人和一个女人的故事！"

并有说明："一美女莫名晕倒，遭七男人强行拖入森林……"

众人都觉很有吸引力，遂买票入场，等到电影放映时，

大屏幕出现《白雪公主》……

众人气急败坏地走了。

隔天，众人再次路过小影院，见广告有所变化。

广告写道："七个男人和一个女人的故事！"并又有说明：

"一如花美女与七男人的数天惊涛骇浪般的销魂！（注：绝非《白雪公主》)"

众人觉得这次比上次更有吸引力，而且说明不是《白雪公主》，遂又买票入场。

结果大屏幕出现《八仙过海》……

过一星期后，这家小影院又放映新的片子。

广告文宣精彩地写道："人与兽之间跨越物种藩篱的禁忌之爱……"

副标题说明："人与兽之间如此地火热刺激。其过程令人脸红心跳，保证精彩！"

众人虽然先前有过受骗的经验，但是一看到如此的文宣后，还是争先恐后地买票入场。等到电影放映时，大屏幕出现《人鱼公主》……

当场有人吐血身亡。于是，愤怒的众人纷纷离场。

隔天，众人再次路过小影院。这时，所有的男性群众睁大了眼睛，而口

水不自觉地从嘴角流出。只见广告牌上斗大的文字写着：

“未经人事的处女，在大屏幕上现出了宝贵的第一次……流下了珍贵的处女之血。将在此，为了各位在大屏幕上赤裸裸地呈现！”

众人一看到如此大胆的标题。几乎是以几近疯狂的方式，尤其是男性，去抢购门票入场。而当众人以非常期待的眼神等待着电影放映时，结果大屏幕出现《睡美人》……

众人全部昏倒。

一些事情，你永远无法解释

一个美丽的上午，天空晴朗无比。可是，一个农夫醉醺醺地坐在门口，失魂落魄的。

一个过路人好奇地上前问道：老乡，今天天气这么好，你怎么不去享受，反而在这里喝闷酒啊?

农夫回答：唉，一些事情，你永远无法解释。

过路人：发生什么不幸了?

农夫：今天我在挤牛奶，刚好挤了一桶，奶牛用左脚把桶踢翻了。

过路人：是挺倒霉的，但是还不至于啊。

农夫：唉，一些事情，你永远无法解释。

过路人：那接着呢?

农夫：我用绳子把它左腿绑在了柱子上接着挤，结果刚好一桶接满，它又用右腿把桶踢翻了。

过路人哈哈大笑又问道：然后呢?

农夫：唉，一些事情，你永远无法解释。

我把它右腿绑到了另外一根柱子上了，结果刚好接满一桶，它又用尾巴把桶扫倒了。

过路人：是够倒霉的。算了，不要难过了。

农夫：唉，一些事情，你永远无法解释。

过路人：还有什么?！

农夫：这回我没绳子了，就计划用皮带把它尾巴绑到柱子上。我把皮带抽出来，把它尾巴抓起来。

这时，我的裤子掉了，正巧我女朋友进来了……

用这些笑话打发无聊的时间吧 >>>>

1.

“你知道中国什么地方电话最难打通吗？”

“不知道。”

“是宁波。”

“难道你没听过……宁波打的电话暂时无人接听……请稍候再拨。” >>>>

2.

兔子去钓鱼，第一天没钓到，第二天又空手而回，第三天眼看就要过去了。

这时，一条鱼从水里跳出来对兔子喊道：“你他妈的再拿胡萝卜当诱饵，我就扁死你！” >>>>

3.

一天，长颈鹿对兔子说：“看我的脖子多么修长，我可以吃到树上最嫩最鲜的树叶。”兔子没有答理它。它接着说：“我的长脖子可以使我吃到的食物慢慢进到我的胃里，我可以长时间地享受美食的滋味。”只见兔子慢条斯理地问他：“那你吐过吗？” >>>>

4.

一个病人问医生：我还可以活多长时间?

医生：十……

病人：十？十年？还是十个月？还是十个星期?

医生：九……八…… >>>>

5.

猴山管理员：现在正值交配季节，猴子们都到洞里去了。靓女：假如我丢些花生米，它们会出来吗？管理员：若换成你，你会出来吗？

>>>>

6.

一个鸡蛋去茶馆喝茶，结果它变成了茶叶蛋；一个鸡蛋跑去松花江游泳，结果它变成了松花蛋；一个鸡蛋跑到了山东，结果变成了鲁（卤）蛋；一个鸡蛋无家可归，结果它变成了野鸡蛋；一个鸡蛋在路上不小心摔了一跤，倒在地上，结果变成了导弹；一个鸡蛋跑到人家院子里去了，结果变成了原子弹；一个鸡蛋跑到青藏高原，结果变成了氢弹；一个鸡蛋生病了，结果变成了坏蛋；一个鸡蛋嫁人了，结果变成了浑蛋；一个鸡蛋跑到河里游泳，结果变成了核弹；一个鸡蛋跑到花丛中去了，结果变成了花旦；一个鸡蛋骑着一匹马，拿着一把刀，原来它是刀马旦；一个鸡蛋是母的，长得很丑，结果就变成了恐龙蛋……

>>>>

7.

一个大四男生快毕业了，既没有工作也没有女朋友。

一日去街上算命，算命先生说："你将一直穷困潦倒，直到40岁……"

大学生一听：嘿，有转机！就问："然后呢？"

算命先生："然后你就习惯这样的生活了……"

>>>>

8.

抢匪：快把保险箱密码说出来！不说杀了你！女职员：杀了我也不说！被糟蹋了我也不说！抢匪上下打量她后说：你想得美！

>>>>

有史以来最强的推理

这篇文章，是关于兔子的，其中推理绝对强。看看吧，全当娱乐，呵呵！

大兔子病了，
二兔子瞧，
三兔子买药，
四兔子熬，
五兔子死了，
六兔子抬，
七兔子挖坑，
八兔子埋，
九兔子坐在地上哭起来，
十兔子问她为什么哭？
九兔子说，
五兔子一去不回来！

这是一个密谋的杀兔事件。

1. 首先，兔子也是有阶级的。大兔子病了，要治它的病，就必须不惜一切代价，甚至牺牲一只兔子做药引。

2. 病的是大兔子，五兔子却突然死了，显然是被做成了药引。

3. “买药”其实是黑话，因为实际上只需要一些简单的草药，主要是药引，所以这个“买药”指的是去杀掉做药引的兔子，三兔子是一个杀手。

4. 做药引的为什么是五兔？因为哪只兔子适合做药引是由医生决定的，二兔子就是医生。

5. 可以推出，二兔子借刀杀兔搞死了五兔子，他们之间有什么过节呢？可能是情杀，因为一只母兔。

6. 谁是母兔呢？想一下，女人爱哭的天性，所以九兔是母兔，九兔也知道了真相，所以才哭，因为她爱的是五兔。

7.“六兔子抬”，这明显是病句，一只兔子怎么抬？他显然是被抬，因为他死了，所以才会被抬。抬他的两只兔子随后一个挖坑，一个埋尸。没错，抬他来的就是七、八两只兔子！

8. 六兔子是被七、八两只兔子杀的吗？不是，他是被杀手三兔子杀死的。三兔子本来不想杀他，五兔子和六兔子关系非常好，当时他们正好在一起，并联手抵抗，所以，三兔子才把他们一起杀了。

大家会发现，每相邻的两只兔子关系都是微妙的。1~2：大兔子像皇上，二兔子就是他身边进谗言的小人。3~4：三兔子是杀手，四兔子药师，他俩都是助纣为虐型的，四兔经常给皇帝做一些壮阳药什么的，把皇上搞生病了，又亲自熬兔子药引。5~6：一对好朋友，经常在一起吟诗作对，不惧怕恶势力，五兔很有才华，怪不得被九兔所爱又被二兔嫉妒呢，物以类聚，六兔也很有才，可惜都属于文人，两个人的武功加一起也没打过三兔。7~8：也是一对好朋友，但属于随风倒型的，为了保住命，什么事都肯做，本质不算坏，但经常被坏人指使做坏事。9~10：在女人哭的时候，身边一定会有爱她的男人，而她的哭泣一定是为了她爱的男人。可惜，爱她的兔子和她爱的兔子不是一只兔子。很明显了吧，十兔暗恋九兔，关心她，看到她哭，他当然要去问原因。

9. 最后一点分析，也许是多余。事情是这样的，三兔和五、六两兔打斗过程中，引来了七、八两兔。当五、六两兔被杀死后，三兔已没有力气，况且七、八两兔平时都很听话，不会告密的。所以三兔就放过了七、八两兔，并让他们把六兔抬走，埋了。七、八两兔一看，命保住了，反正事情也发生了，无法挽回，只好照办。

后记 1：回看第 5 条，情杀不是随便猜出来的，观全局，二兔位高权重，但即便这样，也有他得不到的东西，那就是真爱。所以，他杀五兔的原因很可能是这个，而且五兔正直，应该平时就经常与他作对，所以他才起了杀心。

后记 2：其实，五兔死得非常惨。因为，二兔疯狂妒忌他，所以，不想让他成为一个正常的男人。再说皇上吃了药师的药，荒淫无度，哪里最虚弱大家应该都知道吧，所谓吃什么补什么，其实五兔被做成药引的部位应该是……

推理的补充

（1）作为一个完整的故事，必然要有因果关系，这个故事有了果（即情杀，下面再谈），但没有因，所以显得不完整，就是大兔子为什么病了？无缘无故的病了便引发了以下的血案吗？显然不是。

（2）从一个严密的逻辑关系上来看，这个故事中所有人物的出现（兔子）都是有联系的，且每一个按序列排下来的兔子之间都存在因果关系（动机），比如：大兔和二兔，二兔和三兔，三兔和四兔（这个上文已经大致说明了，我就不进一步讲了），但大家有没有觉得，十兔子的出现好像在这个逻辑中显得微不足道，即没有十兔子这个故事也能顺理成章地结束，因此十兔子在这个逻辑中的动机显得苍白。

结论：

根据以上的推断，我们都忽视了这个故事的重点，就是十兔子，他为什么出现在这个故事中？难道仅仅为了引出九兔子的一句话吗？错了，这是一个有预谋的凶杀案，而且，十兔子就是这个案件的主谋（不是二兔子），其他所有的兔子都是他全盘计划中的一枚棋子，案发过程大致如下（补充上文）：

（1）十兔子喜欢九兔子，九兔子不喜欢他。

（2）五兔子和九兔子互相喜欢。

（3）十兔子妒忌。

（4）十兔子是大兔子身边最亲信的人，并且对其他兔子之间的关系了如指掌（也就是说，他很清楚大兔子如果病了接下来会发生些什么事，比如十兔子就像是鳌拜，大兔子是康熙）。

（5）五兔子也是朝中权贵，十兔子没办法随便处置他。

（6）所以十兔子就让大兔子病了，接下来的一切，就像上文说的那样发生了……

所以，贯穿整个故事的主线就是十兔子，他是这个故事的结尾也是这个故事的主因。这样，这个逻辑才显得天衣无缝。故事的题目就是：借刀杀人！

唉，世态炎凉啊！

有中国特色的山寨版

昨天出差的时候，我买了瓶洗发水，用来洗头发现头皮很痒，仔细一看：是瓢柔！

记得小时候，我还吃过：大白免奶糖！汗了，中萃香烟抽过没有？吃过康帅博方便面吗？不仅有大白免奶糖，还有一种叫太白兔的……

金康的小说你看过吗？古九和吉龙的小说看过没？惊瑶的呢？SQNY，ADIDOS，FUMA，PAMA，HIKE，TOCHIFA……呵呵！

大家都知道洽洽瓜子吧，上次我买了包，吃完，才发现是治治牌瓜子。靠！

有一次，我在车站买到了唐师傅的方便面……

看过全庸和金童的小说，喝过碧雪，用过夏仕莲……雕牌大家都知道，有次我买了一袋，快用完时，偶然仔细一看才发现是“周佳牌”！周佳两个字挨得非常近，用雕牌那种字体，几乎看不出来。晕了！我说为啥怎么洗也没沫……

雲碧，芳达，都喝过没？

有一次，我在山东某城市的火车站广场的小店买了一瓶“脉动”饮料，上车喝了才发现味道不对，仔细看了半天，没发现包装上有什么异样，再仔细看，靠，竟然是“脉劫”！本来脉动的字体就是那样有尖尖的棱角的，劫字多出的一竖用很短的三角形尖尖代替，太难分辨了！

我家还买到过丑粮液呢。

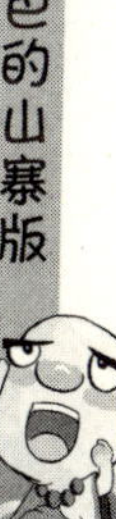

毓停用过没?

有本小说上写金庸新著，后来才知道作者叫金庸新!

我同学踢足球，去买了双双星球鞋，回来一看，商标是双星球!

司口司乐喝过没?全兴大曲，全舆大曲，兴的繁体和舆（论）的舆基本分不出来。

喝过娃娃哈和姓啥啥矿泉水吗?

据说贵州的茅合酒也挺出名。

我还吃过金桑子喉宝。

三粮液……故意把三写得跟五似的，不过没有上面那个“丑粮液”强悍啊!还有，你喝过可日可乐吗?

吃过下好佳的薯片吗?我还差点买到正常可乐，天黑啊!

呵呵，我喝过牙百氏的水!一次运气不好，看着包装一样就买了一瓶（红茶），喝了一口觉得不对，看了一眼才知道，是允一牌。

我买过同佳牌洗衣粉，看过 LIHING 运动服。

记得以前有种饮料叫“旭日升”吗?有次，我喝完发现包装不对劲，仔细一看“九日开”，我靠!

有一次，我看 5 块钱一大瓶沙宣洗发水，二话不说就买了。回来一打开，全是酒精味，仔细一看是沙宜。我汗……

呵呵，我用过“海乙丝”洗发水。

我们这里有个华朕超市。

吃过牛拉面吗？没有肉，不是牛肉面，是牛师傅拉面！

听说浙江某镇上，单单做鳄鱼这个牌子的服装厂，就是二十七家！而且每家商标也差不离却都不一样，有张嘴的，有闭嘴的，有头在左边的，有头在右边的，有尾巴向上的，有尾巴向下的……所以，浙江人都暴发啊！

我同学买到过大嘴帅帅，包装和鬼脸嘟嘟一样一样的。还买过金龙油。

我现在身上穿的是件印有“like”的T恤。

还有旺子牛奶，健力霸。哈哈！

回九运动鞋你穿过吗？我在深圳华侨城沃尔玛看到过。

记得我买过一只巧巧兹雪糕，外观和巧乐兹一模一样。

不小心买过一个panasonie的mp3。

吃了才知道奥利弗不是奥利奥，包装都一样，只是便宜得多。我还用过康老师冰红茶的牙膏，注意！是牙膏——我姐买的。

老买到心想印的餐巾纸。

万事可乐，墨汁兑的。

青鸟啤酒喝过吗？

大学刚开学时，一室友买了一瓶拉芳洗发水。洗完感觉不爽，一看瓶，我靠！是拉芬！

曾经吃过一根特别难吃的雪糕叫“尹利”。还见过，醒月饮料。呵呵。CASIQ 的计算器，用过吗？是 Q 不是 O。

偶在火车上买过均鱼扑克牌，玩了几圈发现掉纸屑，才去看牌盒子的，汗！恰恰、哈哈瓜子，姓啥啥矿泉水偶都在超市买过。丑粮液，偶倒没喝过！不过有一次在一个小县城的饭店里，见过一瓶包装和五粮液一样的酒，仔细一看，名字是“五娘液”！

我吃过绿剑口香糖，喝过娃乐乐的矿泉水（包装一样），都是在火车站买的。

我买过高露浩牙膏。

上次，我同事去厦门玩，买的铁观音回家仔细一看，原来是钱观音。钱和铁的繁体字很难分辨。

上面提到过的唐师傅方便面还好吧，至少听着有点甜。你吃过庚师傅方便面吗？真不知道和八国联军有没有关系。

旺子雪饼，农失山泉……我靠，治治牌瓜子！

上身 MIKE 运动衫，下身 asidadi 运动裤，足蹬 LIMING 运动鞋，还有一双 FUMA 运动袜，不要太帅哦！

语出80后的经典

1. 80后的重要任务就是制造08后。

2. 事实证明：在这个世界上，感情经得起风雨，却经不起平淡；友情经得起平淡，却经不起风雨。

3. 人生没有彩排，每天都是直播；不仅收视率低，而且工资不高。

4. 能用钱解决的问题都不是问题，可问题是我是穷人。

5. 春天到了，小树发芽了，股市也跟着变绿了。

6. 人家有的是背景儿，而我有的只有背影儿。

7. 不要整天抱怨生活，生活根本就不会知道你是谁，更别说它会听你的抱怨。

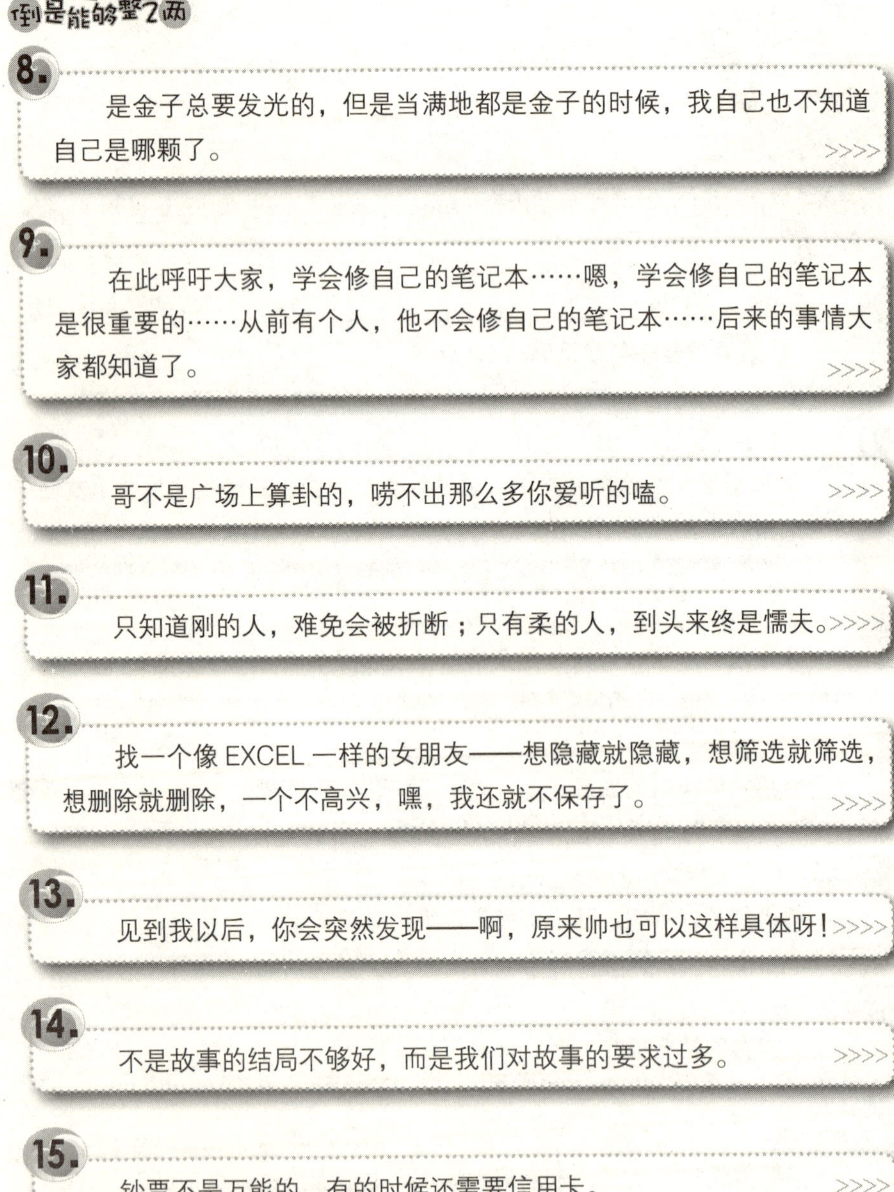

8. 是金子总要发光的，但是当满地都是金子的时候，我自己也不知道自己是哪颗了。>>>>

9. 在此呼吁大家，学会修自己的笔记本……嗯，学会修自己的笔记本是很重要的……从前有个人，他不会修自己的笔记本……后来的事情大家都知道了。>>>>

10. 哥不是广场上算卦的，唠不出那么多你爱听的嗑。>>>>

11. 只知道刚的人，难免会被折断；只有柔的人，到头来终是懦夫。>>>>

12. 找一个像EXCEL一样的女朋友——想隐藏就隐藏，想筛选就筛选，想删除就删除，一个不高兴，嘿，我还就不保存了。>>>>

13. 见到我以后，你会突然发现——啊，原来帅也可以这样具体呀！>>>>

14. 不是故事的结局不够好，而是我们对故事的要求过多。>>>>

15. 钞票不是万能的，有的时候还需要信用卡。>>>>

16. 爱情就像两个拉着橡皮筋的人，受伤的总是不愿意放手的那个。>>>>

17.

鲜花往往不属于赏花的人，而属于牛屎。

>>>>

18.

信念这玩意不是说出来的，而是做出来的。光荣在于平淡，艰巨在于漫长。

>>>>

19.

谎言与誓言的区别在于：一个是听的人当真了，一个是说的人当真了。

>>>>

YUCHUBA
LINGHOUDEJING
DIANYUCHUBALING
HOUDEJINGDIANYU
CHUBALINGHOU
DEJINGDIAN

在手机上看的搞笑回复，都是牛人 >>>>

这是手机上的新闻。

事件实录：

像往常一样，一大早，厦门海沧野生动物园的饲养员便到狼舍打扫卫生。"舍里大狼很活泼，看到我们常嗷嗷叫个不停。"可这次，大狼静静地躺在地板上"睡懒觉"。等饲养员打扫完，大狼还是一动不动的，感觉不对劲，饲养员蹲下一看，大狼的嘴、眼睛都流了血，肚子鼓鼓的，呼吸也停止——大狼死了！

赶来的动物园专家，一番调查断定，大狼死于中毒。

事后，专家和饲养员在狼舍外，发现了一条眼镜王蛇，头破而死。根据以往的经验和现场调查的情况，专家还原了"命案"：

现在，蛇类即将冬眠。眼镜王蛇外出觅食，准备过冬。搜寻食物时，眼镜王蛇闯入了动物园的狼舍，把大狼当做了美食。面对入侵者，大狼很生气，与眼镜王蛇展开搏斗。

搏斗中，根据以往的习性，眼镜王蛇蛇行进攻，并不时向大狼喷毒液，而大狼嘴脚并用，死死护住身子不让眼镜王蛇靠近。这时，大狼露出一小破绽，欲引诱眼镜王蛇上前，以一口咬死对手。可眼镜王蛇也不傻，欲将毒液喷到大狼嘴巴或眼睛上，因此绝不放过这个机会。结果，大狼张开大嘴，就在要咬住蛇头之时，眼镜王蛇向大狼的眼睛、嘴巴喷射了毒液，大狼倒地苟延残喘，受伤的眼镜王蛇也无力再战，爬出舍外，因伤重而亡。

来看看这些留言：

3G 网友说：其实，实情是这样的，蛇与狼其实已相爱多年，但一直被管理员棒打鸳鸯，每星期才见一次面。当天晚上，他们终于见面了。大狼久久不能发泄，一见面就和大蛇……蛇吻起来，谁知一只狗虱跑进狼鼻子里就打了个喷嚏！大狼就中了剧毒，蛇的头也被咬破。但蛇想尽最后的生命请解毒大夫，可惜天意弄畜，蛇走到一半就流血身亡。为什么相爱的畜不能在一起?！

3G 网友说：

其实是这样的，蛇和狼恋爱啦。他们两个 Kiss，蛇不慎咬到狼的嘴，大笑，又不慎把毒射到狼眼。狼毒发挂之。蛇伤心之，撞电线杆挂之。

3G 网友说：

牛！讲得好像他亲眼看到蛇狼打架一样。

3G 网友说：

事情是这样的：狼最近买双色球中了 500 万，被邻居蛇知道了。蛇财迷心窍，计划当晚偷取狼的彩票（去买辆二手奥拓）。谁知被狼发现了，就发生了狼蛇大战……

3G 网友说：

其实你们都不知道内幕，狼和蛇本是兄弟，狼加入了中国特种部队，蛇加入了黑社会。那晚，蛇接到命令干掉狼，狼也接受了逮捕蛇的任务。但是，他俩断背山多年，最后决定殉情，就发生了如此悲剧。

3G 网友说：

其实，是狼刚被一只王八咬了，碰巧蛇散步走到这儿。狼说："小样，把马甲脱了，我就不认识你了，还带副眼镜装！"于是……

3G 网友说：

非也非也，真正的内幕是这样的：狼与蛇是夫妻，由于蛇每年这个时候要冬眠，而狼疑心过重，以为蛇每年这个时候说要冬眠，实际是背着它去私会。狼与蛇便大吵了起来，最后，蛇被狼扇了两巴掌。到了晚上，悲伤加愤怒的蛇就在饭菜里下了毒，狼被蛇毒死了。而蛇知道自己也要受到法律的责罚，便选择了自杀。就这样导致了这场悲剧发生。

3G 网友说：

狼爱蛇啊，爱得疯狂。谁知它们相爱了一场，狼说："亲爱的，谢谢你

把我咬伤。”蛇说：“不要客气，虽说你是一只狼，我也愿为你伤亡。”于是，它们约定好一起自杀了。

3G 网友说：

动不动装个专家来哄人！

3G 网友说：

那晚我刚好路过，事情其实是这样的：狼那晚吃摇头丸吃多了，把蛇当成芙蓉姐姐，一铁锤砸过去。蛇以为他要杀妻灭口，就说：“你妈的，老娘早就听过《狼爱上羊》了，没想到你真迷上了那狐狸精。”狼猛一巴掌过去，“你是不是磕药磕傻了？那纯粹是绯闻炒作……做人要厚道，不拍死你，对不起专家的胡扯！”狼先杀后奸，完事后心脏病发，摇头身亡，享年 99 岁。大家节哀顺便……威武……退堂……

3G 网友说：

挺会编故事，现场又没人看见。

3G 网友说：

其实事情是这样的：其实，狼是当年旺财它外公。当年，专家带旺财出去把旺财给糟蹋了。后来，旺财不想苟且而咬舌自尽！旺财外公狼知道了，就去找专家算账，谁知寡不敌众，最后被软禁。狼的老婆蛇一直敢怒不敢言。前两天，蛇喝了几两 56 度二锅头单枪匹马去劫狱。经过重重难关，终于和狼见到面了，最终因体力不支惨死几步之隔。狼见了伤心过度后自残，最后服下了曾经山盟海誓的那一粒毒药。

3G 网友说：

眼镜蛇最近很郁闷，因为它新配的隐形眼镜不见了，它怀疑是狼舍那只白眼狼偷了……

3G 网友说：

为了让大家弄清事情的真相，我不得不把我当晚目睹的一切公诸于世了。那头狼叫雷，蛇叫曼。雷、曼本来是很好的黄金搭档，雷负责产奶，曼负责挤奶。

其奶主要销售到隔舍的三只鹿兄弟开的奶制品有限公司，以下简称三鹿。而后再卖给动物园刚出生的小动物喝。由于雷的奶毕竟是狼奶，很难与园内的黄牛比。正当雷、曼发愁的时候，蛇曼记得自己当年当鸭蛇的时候，由于生意好搞到稀精，后来看广告知道有三聚氰胺这玩意能使稀精变浓精。他突发奇想，其实狼奶也一样吧……于是乎，就酿成了今天回不了头的大罪。雷、曼自知大错酿成，于是，双双把未售完的毒奶喝了，然后……告别畜世。

3G 网友说：

其实是这样的：饲养员 ×× 对狼一见钟情，起歹念，困狼于闺中，意图生米煮熟饭。狼旧爱蛇太笨，误狼变心，起歹念，夜袭狼。狼不备，身亡。×× 惊觉，以狼牙棒杀蛇。蛇死。次日，×× 痛哭，自以为天衣无缝。怎知，隔壁猪一目了然，大怒，遂发上网。唉，天网恢恢，怎会漏尔！！！

3G 网友说：

狼蛇大战时我正好在现场，只见狼使出如狼神掌，蛇王马上用九蛇白骨爪对抗，打得昏天暗地……欲知后事，下回分解。

3G 网友说：

应该是这样的：蛇无意间闯进狼舍，狼色心大起想强吻蛇。蛇反抗时想咬舌自尽，但不慎咬到了狼。狼愤怒之下把蛇甩了出去，把蛇甩死了。

3G 网友说：

其实事情是这样的：这篇文章是假的，楼主拿出来是给我们联想用的，然后，导致一些妄想症病人自动上钩。然后，楼主报警再把他们统统抓到嵩山精神康复中心去。

3G 网友说：

有很多头牛被吹到天上去了……都飞到美国去啦……

3G 网友说：

专家真会吹牛，你看见了吗？一点推理头脑都没有。

3G网友说：

蛇会把狼当食物？要是巨莽我信。以眼镜蛇的个头，它怎么会傻到把自己根本一口吞不下去的狼当食物呢？什么破专家？哪儿来的混混？一点常识都没有！

王子说：

两只动物都死了，你又没死？这个故事结尾写得不够精彩。

3G网友说：

其实狼是蛇的情敌！它们为了争取得到美女的心而决斗！可是想不到的是，狼是个武林高手，连蛇的降龙十八掌都拿它没办法，还被狼打成重伤！最后没办法，蛇只好使出江湖上失传多年的最狠的一招“一滴挂”把狼给打败了，不过蛇……

3G网友说：

错了，事情是这样子的：一天，博士蛇路过小学生狼家门口。狼看见了心说：“哇噻，这是什么年代了，连虫子也戴眼镜了。”于是，大声对蛇说：“喂，懒虫，把你的眼镜借给我戴一下，让我也装一下酷。”蛇发火了，真是狼眼看蛇低啊！于是大骂：“你说给就给啊，你以为你是我偶像刘德华啊，醒一下啦。”骂完以后，觉得不解狠，又加了一句，“你干吗不用头去撞墙啊！”终于，战争爆发了……

口音造成的爆笑语录

桃源话很奇特，尾音很高，比如“局”，便发音成了“猪”。

先到县委宣传部，联系到人事局采访。宣传部的人打电话替我预约，用免提。

宣传部：“喂，你人是猪吗？（人事局）”

对方：“不是，你搞错了。我不是人是猪（人事局），我娘是猪（粮食局）。”

我拼命忍住笑，肚子都疼了。

第二天参加一个县××××的汇报会。会前点名。

主持人：“哪些单位到了？”

于是，参会者一个个地自报家门：

“我是公阉猪（公共安全专家局）。”

“我叫肉猪（教育局）。”

“我有点猪（邮电局）。”

“我是典型猪（电信局）。”

校园小笑话

最短的作文

老师要同学们晚上在家里看三集的少年电视剧后，写观后感。小明没有看电视剧。第二天，他写了一篇只有两个字的作文："停电！"

老师见了，说他撒谎，不可能停电，叫他晚上看三集后再写一篇。小明还是没看，写了一篇五字的作文："电视机坏了。"

最高山峰

地理课考试时，在试卷中有一道填空题写着："我国最高的山峰是（ ）。"小勇不假思索地填上了"二郎山"。讲评试卷那天，地理老师把小勇叫了起来："上课时，我讲了珠穆朗玛峰高 8848.43 米，是世界第一高峰，你不知道吗？"

小勇说："知道。可是前几天我听到一首歌里唱'二呀么二郎山呀，高呀么高万丈。'我仔细一算，一万丈要有三万多米，那比珠穆朗玛峰高多了！"

被打击的天才

作文本发回来了，阿光看了，愤愤不平地说："为什么我会被打一个大叉？太不公平了！都什么时代了，古人可以写光阴似箭，为什么我就不能写光阴似炮弹？"

新发现

老师："你对李白的'床前明月光，疑是地上霜'这两句诗有何感想？"

学生："李白一定是个近视眼。"

当老师的好处

小明："当老师真好。"

老师："好在哪里？"

小明："看漫画、打电动都不用花钱，只要没收学生的就行了！"

汉水发源地

上地理课时，小明思想开了小差。老师问他："长江第一支流——汉水发源于哪里？"

小明急得头上直冒汗，这让他灵光闪现，便答道："汗水发源于头上。"

下课铃

上物理课，老师病了，校长就请了别班的老师代课。同学们自然乱成一团，老师威胁利诱了一节课，我们还是不以为然，正当快下课时，老师竟轻声说道："再说话就听不见下课铃了。"教室里顿时鸦雀无声。

巧辩

老师训斥班里的值日生说："黑板那么脏，抹布是干的，地球仪上……"说着他用手抹了一下，"全是灰。"

"哦，老师，"值日生说，"你抹的地方恰好是撒哈拉大沙漠。"

最精彩的名言幽默大全——跳楼推荐 >>>>

1. 哲学家不是法定的。当你想同一件事情，超过 5 分 30 秒，你就成了哲学家。>>>>

2. 我爷爷告诉我，这个世界最触动心灵的话，不是“我爱你”，而是“你的肿瘤是良性的”。>>>>

3. 不要和任何一个作家谈科学，即使科普作家也不例外。>>>>

4. 不要和女人说理性。如果哪个女人理性，那就是我的判断不理性。>>>>

5. 昨天，一个从不可能说真话的骗子，对我说了一句最令人匪夷所思的话 ：“我是骗子！”>>>>

6. 我活了 22 年，这 22 年来，我一直都是个骗子。在对别人说真话的时候，我欺骗自己 ；在对自己说真话的时候，我欺骗别人。>>>>

7. 如果我和你说了 10 分钟的话，但却没有和你产生任何争论。那么，我们之间一定有个人变得虚伪无比！>>>>

8. 我是哲学家吗？不，我不是，认为我是哲学家的那些人才是。>>>>

9. 有人叫我水王，虽然我喜欢这个称呼，但是我并不认为这个称呼好。要知道，东西的数量和其价值成反比。>>>>

10. 我只相信5样东西是真正存在的，科学，性，死亡，谎言和变化。>>>>

11. 中秋节的时候，月亮没有义务要变圆，只是人总是在月亮圆的时候过中秋节。>>>>

12. 聪明的人大抵分为两种，一种是高智商+自负，而另外一种则是低智商+虚伪。>>>>

13. 总有人在我面前说:先生存，再生活。可是我发现，当你忙完生存后，生活已经荡然无存。>>>>

14. 朋友对我说，如果明天世界末日，他就会去抢银行。我想，既然明天是世界末日了，那要很多钱做什么?>>>>

15. 一个说自己聪明的女人，被约会的几率比遇到KB分子劫机的几率还低。>>>>

最失败的粗口

1. 一个人骂另外一个人："我真想狠狠地往你脸上吐一泡狗屎！"

2. 俺们宿舍一哥们儿抢别人的包子吃，边吃边说："就这玩意儿，只配塞屁眼！"

3. 小时候，俺们小学老师骂一个学生："我一巴掌就把你踢出去了！"我们想笑不敢。

4. 俺们几个中学同学有一次骑车出去。一个同学去踹另一个较胖同学的脚，同时还想骂他两句，说："我伸出一只猪蹄，飞起一脚踢死你！"

5. 我们宿舍一女孩拨弄着另一女同学的刘海，"瞧这乱的，狗爪子刨过似的。"

6. 大学宿舍里，某人喝别人的开水，烫得跳了起来，嘴里还叫："我靠，这么烫，猪都受不了啊！"

7.

大学时，下课后食堂里人比较多，大家排队。这时，甲同学告诉后面的乙说："来这边。"乙感激不尽，赶紧说："我说在后面看你怎么怪面熟的。"

8.

我一初中同学好摸别人脑袋，一天摸人脑袋说："脑袋挺圆的啊。"那同学烦了，一把拨拉开他的手说："你少在这给我捣蛋！"

9.

我们班有个同学常写错别字，有次写了一篇文章，其中一段如下："今天我在路上看到一堆牛屎，啊，我大吃一斤（惊）。"后来老师评："又没有人拦着你，全吃了也没关系啊。"

最新一期的口误！我笑歪了！

1. 同事问我：克林顿的老婆是希拉克吗?

2. 有一次我向人借钱，本来想说的是“等我取了钱就还你”，结果说成“等我有了钱就取你”。汗。

3. 同学叫于京波，一日来信，宿舍门卫在宿舍门口大叫：干凉皮、干凉皮来的信!

4. 我们语文老师请大家把书翻到 120 块钱，全班皆晕，后这位老师得绰号“财迷”，呵呵。

5. 有一次，朋友在家看碟，光盘质量不好。朋友说道：“怎么这么多马克思啊。”半晌后，我才明白他是说马赛克!

6. 一个哥们儿结婚，给他红包。哥们儿客气地说不用。
我说：那哪行，一年就一次，一定得拿着。

7.

初中时，分角色朗读《白毛女》。

一男生（杨白劳）：扯了二斤红头绳，给我喜儿扎起来……

老师：又不是包木乃伊……

>>>>

8.

偶打饭的时候，执著地指着菜花说：来份土豆。

大妈问：菜花?

偶继续指着菜花说：土豆。

大妈又问：到底是土豆还是菜花?

偶急了说：这不是土豆……呃，菜花吗?

现在想起来也够让人吐血的，sorry 了，卖饭的大妈。

>>>>

9.

去买糕点，本来想说“来两个黄梨派加一个蛋挞”，结果说成了“来两个黄鹂鸣蛋挞”。

更郁闷的是，店主竟然听懂了……

>>>>

10.

大学时，我们班有个女生叫刘芸。一次，别的班的同学给她捎来一封信。信封上她的“芸”字中下半部“云”上面一横，由于写得太潦草，横变成了点。结果，那同学拿着信就在我们楼道里叫：“刘芒，谁叫刘芒?有你一封信。”全楼道的人都跑出来看刘芒（流氓）了。结果，那叫刘芸的女生就无奈地被叫了四年的流氓。

>>>>

11.

曾经有一段时间家里闹耗子，我妈就买了耗子药来维护家庭安宁，但是一个耗子都没药倒。一天大老早的，我妈起床看了看门旮旯里的耗子药，自语：“这药怎么没有人吃啊?”全家晕倒……

>>>>

12.

英语老师教语法，下课前问大家："我都讲完了，大家还有明白的吗？"我们齐声答："没有了！"

>>>>

13.

举杯邀明月，低头思故乡。

>>>>

14.

俗话说：杀人放火，欠债还钱。

>>>>

15.

物理课上，老师讲到放射性元素，说："放射性元素很危险，你们人类一定要远离它！"

>>>>

16.

吃不到葡萄就吐葡萄皮。

>>>>

17.

我在公司接了个电话，是制衣公司搞推销的，他不停地说给某某大公司做过统一服装之类的话。本人逮到对方说话间隙，冲口一句："我们公司统一不着装！"

对方悄声几秒后，说了声"打扰了"挂断。

>>>>

18.

我们大学老师：我要找一男一女三位同学……

全班同学开始四处张望……

>>>>

19.

晚自习回宿舍，路遇一天仙 MM，遂尾随。

一直想搭讪，却无胆上前，直到天仙 MM 即将走入女生楼。

牙一咬，跨步上前，大声问那位 MM："同学，请问你是女的吗？"

后来……后来我享受了该天仙 MM 两年的白眼。

>>>>

20.

历史课，老师激昂澎湃：有多少英雄儿女，缠绵于地下……

>>>>

21.

同学的毕业作品是用大红布做成凤凰状缝在黑色的袍状服装上。

答辩的老师问：为什么凤凰要用红色而不是其他颜色？

那位同学一激动就脱口而出：因为凤凰欲火焚身（估计是想说浴火重生）！3秒后，来看答辩的同学狂笑不止，我笑得肚子都扭了。

>>>>

22.

初中时，老师叫我背《木兰辞》，我很紧张。

“阿弟闻姊来，磨刀霍霍向爹娘（猪羊）……”

全班笑翻了，自己也笑，结果后面全忘了，还好老师没罚。

>>>>

23.

苍天呀，大地呀，窦娥比我还冤呀！

>>>>

24.

帮LP买WSJ，结果到商店看了半天也不知道买什么，于是就随便拿了一包问店主：“老板，这个好用不？”老板（男的）呆呆看了我5秒钟，说：“这个我也没用过！”

>>>>

25.

小时候，爸爸看我写作文。有个很简单的字我写错了，爸爸笑着跟我妈说：“我发现你的儿子很笨。”我急了，大声跟我爸说：“你的儿子才笨！”

>>>>

26.

兵来土掩，水来将挡。

>>>>

27.

我妈有一次去银行交水费。交了钱以后，银行的人说：您这钱不够啊，这儿还有第二页，这个也得交。

我妈：第二页是什么？

工作人员：污水。

我妈：我家从来不喝污水。

28.

我们高中时的班主任又一次怒斥我们上课不好好听讲的时候说道："你们以后再这样，就别怪我翻脸不是人了！"

29.

数学老师招牌动作是举起两根手指，对同学们说："同学们，学好数学关键就是三个字！多做练习！"

30.

那天，我说女朋友笨得跟猪一样，她就拧我，特疼，一直不松手。我一急，说："我告诉你妈你虐待猪！"

31.

一日，跟我爸妈还有弟弟去拜观音。

我没怎么睡醒，往前一站就说：

受苦受难的观世音菩萨啊……

爸妈：……

弟弟：……

菩萨：……

32.

大二上 FoxPro 课时，一个老师开始点我们上课有多少人。

1、2、3、4、5、6、7、8、9、10、钩……（突然停住了。）

33.

某日，偶亲爱的妈咪叫偶去买花椒。

妈咪：“去买一斤花椒回来。”

偶：“一斤？买那么多干吗？”

妈咪：“废话，炒菜用！”

偶郁闷＋诧异地出门去买。临出门时，又特别地问了句：“确定买一斤啊？”

回答偶的是老娘的白眼！汗……

到菜市场后，偶越想越不对，花椒干吗买一斤啊，也太多了吧？！掏出电话——再次确认。

得到回答还是一样：一斤花椒！！！

一斤花椒 28 块钱，老板给我称好，装袋。偶正要掏钱时，电话响——老妈？！

只听电话那边咆哮：“错啦！错啦！！不是一斤，不是一斤，是一两！！！”

暴汗！！！

\>>>>

34.

刚交房的时候，来往的人多，每次保安都会盘问。

我本来想说我是业主的，结果经常说成我是楼主。

趁保安大脑短路的时候，我赶紧跑路。

\>>>>

35.

我最鄙视的人就是鄙视别人的人！

\>>>>

爆笑精彩问答 >>>>

提问：怎样可以最有效地瘦臀?

回答：蹭树。

提问：显示器画面不停地轻微抖动，有什么办法?

回答：你也不停地抖动，当你的频率和振幅与显示器画面一致时，你就感觉不出来了。

提问：为什么好马不吃回头草?

回答：因为马儿拉屎在后面拉。

提问：如何除掉烦人的狗?我家附近有人养狗，且不管它，让它随便跑，它经常晚上在我家门口拉屎。有没有办法不让它在我家拉屎?

回答一：和主人说没用，我告诉你个好主意。每次狗拉屎的时候，你去偷看，等狗发现了你在偷看，它会害羞的，就再也不敢到你家门口拉屎了。

回答二：给它买一台计算机，然后教它上网，它就没空去你家门口了。

提问：为什么我玩 3D 游戏时会头晕?

回答一：小脑不发达。

回答二：大脑不发达。

回答三：大小脑都不发达。

提问：怎么驱赶蚂蚁?

回答一：在寝室门上贴上“戒严”或者“查封”等字样，造成寝室已经停止营业的假象。

回答二：买个食蚁兽回来不就结了。

回答三：播放张楚的歌曲《蚂蚁》30 遍。

回答四：把这个问题贴到蚁巢门口，难死它们！难不死的也会被这个悖论折磨死。

回答五：养些白蚁，让他们种族歧视，自相残杀。

提问：怎么样才能在街上捡到更多的钱?

回答一：把自己的钱包丢在地上就可。

回答二：最好当垃圾清扫员。这样拾零钱几率大。

回答三：钱不是捡来的，也不要低头走，钱是天上掉下来的，要时刻抬头看。

提问：最简单的长寿秘诀是什么?

回答：保持呼吸，不要断气。

提问：为什么月亮不围着太阳转?

回答：因为月亮已经围着地球转了。

提问：刘关张三结义供的是谁?

回答一：皇天后土。

回答二：炎黄二帝。

回答三：桃子。

提问：跷二郎腿的危害?

回答：屁股会一半大一半小。

提问：为什么人会怕高，而鸟却不会?

回答一：人知道掉下来是什么滋味，但鸟不知道。

回答二：鸟在飞翔的时候，从来没有顾虑，它不会惦记自己的翅膀。而人总是想得太多，负重太大。

提问：巫师为什么要骑扫把不骑板凳呢?

回答：因为骑扫把比骑板凳帅多了，而且遇到敌人（强大的），自己打不过，就可以伪装成扫地工。

图书在版编目(CIP)数据

贫僧倒是能够整2两/嘿嘿选编.—北京:中国画报出版社,2009.1
ISBN 978-7-80220-262-7

Ⅰ.贫… Ⅱ.嘿… Ⅲ.笑话—作品集—中国—当代 Ⅳ.I277.8

中国版本图书馆CIP数据核字(2008)第199626号

特约编辑:陈　江
装帧设计:熊　琼
封面绘画:一屋一屋的

贫僧倒是能够整2两

出 版 人:田　辉
选　　编:嘿　嘿
责任编辑:齐丽华
出版发行:中国画报出版社
(中国北京市海淀区车公庄西路33号,邮编:100044)
电　　话:88417359(总编室)、68469781(发行部)
网　　址:http://www.zghbcbs.com
电子邮箱:cpph1985@126.com
印　　刷:北京市业和印务有限公司
监　　印:敖　晔
经　　销:新华书店
开　　本:787×1092　1/16
印　　张:17.5
版　　次:2012年1月第1版第10次印刷
书　　号:ISBN 978-7-80220-262-7
定　　价:20.00元